阅读心理治疗 1

大自然是一间疗养院

The Nature is a Sanatorium

第二版

邱鸿钟 编著

暨南大学出版社
JINAN UNIVERSITY PRESS

中国·广州

图书在版编目（CIP）数据

大自然是一间疗养院/邱鸿钟编著．—2版．—广州：暨南大学出版社，2014.8
（阅读心理治疗）
ISBN 978-7-5668-1081-6

Ⅰ.①大… Ⅱ.①邱… Ⅲ.①散文集—中国—当代 Ⅳ.①I267

中国版本图书馆CIP数据核字（2014）第145513号

出版发行：暨南大学出版社

地　址：中国广州暨南大学
电　话：总编室（8620）85221601
营销部（8620）85225284　85228291　85228292（邮购）
传　真：（8620）85221583（办公室）　85223774（营销部）
邮　编：510630
网　址：http：//www.jnupress.com　http：//press.jnu.edu.cn

排　版：广州市天河星辰文化发展部照排中心
印　刷：深圳市新联美术印刷有限公司

开　本：890mm×1240mm　1/32
印　张：5.375
字　数：147千
版　次：2006年3月第1版　2014年8月第2版
印　次：2014年8月第2次
印　数：6001—9000册

定　价：20.00元

总　序

阅读治疗（bibliotherapy）源于古代，流行于现代。什么叫做阅读治疗？就是指通过阅读文学作品，达到修身养性、建立新的认知、调节情绪、重塑行为模式等目的的一种心理治疗方法。阅读疗法的最大特点是：治疗目的藏而不露，治疗过程潜移默化，治疗方法温文尔雅。

阅读治疗，无论是在东方还是西方，都有悠久的发展历史，关于阅读治疗的原理、方法和各家学说广泛见于哲学、文学、艺术和心理学等各种著作之中。为什么文学作品具有改变认知、调节情绪、塑造行为、医治心理障碍的作用呢？这与人是一个符号的动物的本性有关。所谓“心生而言立，言立而文明”，人是唯一通过语言拥有世界的动物；也是一种可以用符号引发情感，用符号开放内心世界，通过语言社会化，对符号崇拜敬畏，用符号互动交流，可以通过符号医治心灵之伤的动物。在人类学家看来，语言等人类文化是人类弥补生物器官不足，适应环境的一种“体外器官”。神话、童话、寓言、诗歌、散文、小说等文学形式在人类历史上各有自己的起源和表达精神世界的不同功能。古人曰：“书者，舒也。”“诗言志，歌永言。”“诗者，持也，持人性情。”“言以散郁陶。”可见，文学作品是一种引发欣赏者的认知与情感共鸣的触发剂或媒介。明代哲人王守仁对此就很有体验，他说：“凡歌诗，须要整容定气，清朗其声音，均审其节调，毋躁而急，毋荡而嚣，毋馁而慑。久则精神宣畅，心气和平矣。”（《王文成公全书》）可见，作者倾注于作品中的认知和情感，在阅读者或欣赏者的理解、移情和阐释中又被重建出来。

文学即人学和心学：它们透视人生和社会，描写人对自然美的感知和体验，抒发、宣泄和寄托人内心的情志，替代现实生活中未能实现的愿望的满足。清代文人李渔总结了自己的人生经验，说：“文字之最豪宕，最风雅，作之最健人脾胃者，莫过填词一种……予生忧患之中，处落魄之境，自幼至长，自长至老，总无一刻舒眉。惟于制曲填词之顷，非但郁借以舒，愠为之解，且尝僭作两间最乐之人，觉富贵荣华，其受用不过如此。未有真境之为所欲为，能出幻境纵横之上者。”（《闲情偶寄》）可见，创作与阅读文学作品是人类满足自己任何愿望和实现任何梦想的一种伟大的发明。

文学作品还具有认知同化和启迪顿悟的作用，以及改造人格的力量。如清代梁启超认为小说具有四种心理作用：其一是熏陶，即人在读小说时，“在不知不觉之间，眼识为之迷漾，而脑筋为之摇扬，而神经为之营注；今日变一二焉，明日变一二焉；刹那刹那，相断相续；久之而此小说制境界，遂入其灵台而据之，成为一特别之原质之种子”（《小说与群治之关系》）；其二是“浸”，即人在读完小说后，往往数日或数旬还不能释怀，或有余恋余悲，或有余快余怒等，这是文学作品的情绪调动作用；其三是激发顿悟，即小说情节或故事像禅宗一样，皆借刺激之力，在刹那间激发人骤觉；其四是超脱提升，读小说者常不自觉地将自己融入情节之中，与书中的主人翁同乐同悲，好似此身已非我有，而入彼界，好似佛法修行一般。

阅读治疗效应的关键在于文本所富含的哲理和人生启迪的意义。优秀的文学作品好比一个好的心理医生，阅读和聆听一篇好的文学作品就好比享受一次清心醒脑的心理咨询。神经心理学的知识告诉我们，阅读过程可以通过精神—神经—内分泌通路引发阅读者的血管收缩和舒张，某些神经递质释放的增加等生理反应，引导阅读者认识自我，鼓舞意志，移情共感，增进对自然和生活的审美情感，帮助释放不良情绪，转移对自身痛苦的注意，从而达到平衡心理、减轻精神痛苦的目的。

根据文学作品的主题和心理治疗的目的，本丛书共分五册，各册主题和内容分别是：

《大自然是一间疗养院》分册首先介绍了阅读疗法的发展源流、基本原理和应用方法，讨论了不同文学体裁的心理效应。因为人是一个复杂的符号动物，所以，阅读疗法是一种最符合人性本质的心理治疗方法。本册阅读材料以自然山水为主题。孔子说："仁者乐山，智者乐水。"对日月、山川大海、风霜雪雨、树木花草、虫鱼鸟兽等自然景物的喜好倾向不仅可以反映人的性格和情感的特点，而且春夏秋冬四季物候更替变化本身就是人类生理和心理自然节奏的本源，大自然的景象和变化有助于身陷自我羁绊的人触类旁通，茅塞顿开。当一个人在面对宇宙自然的时候，最容易触景生情，百感交集。这也许是人生中最真挚的时刻，因为可能此时他才知道人来源于自然，也必将终结于自然，人在自然面前是多么渺小，真的没有哪些可以让人得意忘形的所谓成功和发展的极限。正如《黄帝内经》中云："天之道也，如迎浮云，若视深渊，视深渊尚可测，迎浮云莫知其极。"许多现代人活得浮躁，一味奔劳而不知欣赏，实在辜负造物主馈赠给人类的良药。我相信，欣赏自然、热爱自然、顺应自然是人类进化中形成的健康心理。

《人生是一首未完成的诗》分册的阅读材料是关于如何面对挫折、逆境和病患，正确认识现实和自我等人生问题的。人虽然是一种动物，却是一种很特别的动物，即一种会不断向自己和别人发问，不断追寻自身存在的意义与目的的动物。尤其在遭受病患或挫折，处于逆境或低谷时，这些发问似乎更加挥之不去。乐观的和洞察人生真谛的作家告诉我们，人生不是一个目的，而是一个有限的过程，即使你能活一百岁，总的人生也不过是36 000天或1 740 000小时，过完一天就少了一天，就离死亡的日子靠近一点。事实上，无论你的学问多高，官职多大，财产有多丰厚，最后都是带不走的；不管你吃什么，住在哪里，都只是让这有限的生命有一个地方安歇或寄存而已。虽然这个道理并不深奥，可正是一些无止境的欲望和攀比，让许多人自卑、自大，或者是焦虑不安、恐惧或抑郁。如果我们知足常乐，能记住尘世就是唯一的天堂，幸福就是活得有意义的话；如果我们能接受自己的缺陷和不完美，能将自卑作为一种动力，将生活当做体验各种味道的菜肴的话；如果我们能将人生当做一首不断创造和书写历史与意义的诗歌的话，那么，我相信，我们的人生天地就会焕然一新。

《习惯铸造人格》分册的阅读材料是关于如何从日常生活习惯和小事入手来培养人格的。行为主义认为，内在的心理的东西既不好捉摸，也不是实际被展现出来的。因此，行为主义主张放弃心理学的思辨，将心理学解释为行为的科学。行为主义只承认人在结构上的遗传，而否认功能上的遗传；所有复杂的行为都是来自后天的学习和训练。所谓人格，就是一个人生活习惯和反应方式的总和，生活习惯的养成就是人格塑造的过程。参加劳动、与别人聊天、阅读书籍、休闲、养宠物、做家务、散步等习惯和爱好无一不对人的性格带来潜移默化的影响。现代人为什么很忙碌，也许是因为怕闲！因为闲下来无所事事，没有精神寄托，感到没有社会价值，这是一种比丢失财产更伤心的精神丧失，是一种精神的死亡。事实上，如《中庸》中所说："君子之道，费而隐。""道不远人，人之为道而远人，不可以为道。"如果所有孩子的家长明了对子女的教育，培养良好的性格，预防和矫治不良的行为，甚至是心理疾病的矫治、传授做人的方法都不能远离普通的日常生活这个道理，就不会对孩子娇生惯养，就不必等待迟来的心理医生的咨询与治疗。其实，心理医生那里并没有什么灵丹妙药、神仙秘方。所谓“授人以鱼不如授人以渔”，如果我所有的来访者和神经症患者明白了这个带病生存、为所当为的生活疗法的道理，那就彻底开悟，自愈有望了。

《挖掘你的快乐之泉》分册的阅读材料是关于如何理解快乐，如何寻找快乐之法的。虽然追求快乐是潜意识心理活动中铁的规律，但许多有心理问题和患有抑郁症等心理疾病的人都快乐不起来。他们为何快乐不起来？快乐的铁律为何失灵？帮助我们的来访者快乐起来，这也许是所有心理咨询与心理治疗的最终目的。面对人生中不快乐的事，宗教叫人宽恕自己与别人，药物将自己变成病人，而只有心理医生叫你自己审视自己。事实上，是自己不让自己快乐！静心想一想，如果你想要快乐，就没有不能立刻快乐起来的，只是你要找对方向！如果你认为是别人或者是某些刺激事件让你不快乐，那你就是将快乐建立在别人身上或外归因了。六祖慧能对那些修行多年仍然痴迷不悟的信徒说“佛心不二”，真是一语道破天机。佛在自心，不在西方圣地，人只有到自己心里去找快乐，才能找到真乐！那些凡事只往坏处想的人，那些低估正性信息、选择负性关注、以偏概全、不公平地比较、主观推断的人，如果不能意识到正是这些非理性的思维习惯让自己快乐不起来，那他是无药可医的。快乐无定法。快乐是没有条件的，快乐的感觉永远是自己的。快乐的人并不是特别走运，而是他更善于在平凡的生活中发现快乐。尘世乃唯一的快乐天堂。卖菜乐，回忆乐，无知也有不知的轻松，快乐是每一个人天赋的权利，问题在于我们是否能发掘自己的快乐之泉。

《音乐的精神分析》分册的阅读材料是关于音乐演奏和欣赏体验的。音乐是人类发明的另一种用时间展现和用想象思维的语言，有助于表达人不能言语又不能缄默的复杂情感，是治疗情志疾病的最古老的方式。音乐具有动荡血脉、通畅精神、道德感化、促进人际交往和团队精神的社会化等多方面的作用。本册首先介绍了音乐心理治疗思想的源流、音乐治疗的原理、中医音乐治疗等各家学说；其次介绍了一些音乐治疗的故事和接受音乐治疗所获得的身心感悟。《论语·述而》记载，当时的孔子在齐国听到美妙的音乐《韶》之时，竟然“三月不知肉味”，可见音乐的魅力。聆听莫扎特的音乐，流畅抒情，诚挚明朗，充满青春活力；聆听贝多芬的音乐，热情磅礴，充满想象，具有英雄气概；再聆听舒伯特、门德尔松、舒曼、李斯特的音乐，清澈如镜，诗情画意……音乐为人类相思的苦恋建造了一座迷人的伊甸园，为失落的灵魂找到了一座神庙，为孤寂的单身找到了一处呐喊的窗口；音乐可以升华压抑喷发的爱欲，赋予人精神力量，宣泄痛楚的情绪，表达无言的情结，聚积团队的精神。

各分册虽相对独立，但我还是建议读者从第一分册读起，先了解阅读疗法的一般知识和方法，再根据自己的实际需要，选择合适的主题深入阅读。如果读者能边读边写心得体会和落实于行动的日记，那将留下一串心理发展的珍贵足迹。

俗话说得好：开卷有益，读万卷书，行万里路。人是世界上独一无二的具有阅读能力的生灵。我期待广大读者能将自己的读书体会和行动经验与我分享。笔者永远不变的电子邮箱是：hzqiu@163.com。

邱鸿钟

第二版前言

本丛书于2006年出版第一版，一晃就过去整整八个年头了。在这些年间，世界风云变幻，社会变革大潮跌宕起伏，时移俗易，正如唐代诗人韦庄诗曰：“但见时光流似箭，岂知天道曲如弓。”虽说世间如此动荡不安，但我很高兴地看到，我们这些凡夫俗子对待文学阅读的热情并没有因此减弱，第一版印刷的丛书早已销售一空，许多在旧书市场也无法淘到宝的读者早就渴望再出第二版。一位不知名的读者在给我的邮件中写道：“您的书写得真好！读了《人生是一首未完成的诗》、《习惯铸造人格》之后，我受到很大的触动。我觉得真的很有必要对周围的人或事进行更多的关注，更好地体会生活的情趣和生命的生机。”还有一位读书爱好者在邮件中不无幽默地这样写道：“呵呵，我不是一个有心理问题的人，只是偶然的机会在图书馆看到了您的书，它融合了很多哲学的思想和散文的浪漫，阐发了生命的意义与存在的情怀——它是一部好书！”我相信，书的价值体现在市场，书的评价靠读者，阅读疗法的实际疗效由读者说了算！

当然，并不是所有的文学作品都具有心理治疗的作用，只有那些引导人看到光明、洞察人生真谛的优秀作品才具有这个荣耀的资格。这也是我们需要选编本丛书的理由。在这里，我与我的来访者、患者要特别感谢那些为我们写作出优秀作品的作者，尽管我们从未谋面，但你们在作品中表达的某种精神已经成为卫生服务市场上交口称赞的良药，这不仅是你们的荣誉，也是我们这个时代患者的幸运。正像民国时代我国有了鲁迅这样的民族大医一样，现代人非常需要有良心善意、脊骨强健、思想纯正、技艺精湛，能医治灵魂顽疾的文学大医！需要扶正祛邪、药到病除、助人自助，令人茅塞顿开的苦口良药！

在历史上，用阅读文学作品或聆听故事等类似的方法医治心理疾病的典型案例不胜枚举，但闻名世界的莫过于《一千零一夜》的故事了。那位聪明的桑鲁佐德姑娘用讲述接龙故事的方法最终治愈了苏丹国王的心理变态。然而，在现代中国，真正将优秀的文学作品变成可以实用的临床心理治疗处方的做法并不多见。我们要特别感谢暨南大学出版社以极大的热诚推行的这套《阅读心理治疗》丛书，这使那些从我的心理诊室离开的来访者终于可以带一些“没有副作用的药”回家了。

知识就是力量，但我们只有通过阅读才能获得知识！

邱鸿钟
农历甲午年二月春分
于羊城白云山鹿鸣湖畔

目　录

人是符号的动物

文学治疗依赖于文本，而文本由语言或符号所构成，要理解文学治疗的原理就必须了解语言与人性的关系。语言不仅是人类的沟通工具，也是塑造人格、影响情绪、改变行为和人生的巨大力量。

人是以语言拥有世界的动物

对人与类人猿等高等动物的大脑结构进行比较研究，我们会发现只有人类才具有运动性语言中枢和知觉性语言中枢的特殊结构。前者具有使声带振动，嘴唇和舌头做出相应动作，从而发出语言的功能；后者则具有理解他人语言的功能。可见，在进化中形成的这个特殊区域决定了人是符号的动物。

“心生而言立，言立而文明，自然之道也。”（《文心雕龙·原道篇》）“心生”即语言皮层的形成，语言使人与人之间的信息沟通变得容易和发达，使知识积累变得容易和迅速，使人记住事物的时间大大延长，思考能力迅速发展。动物只能以它躯体的力量拥有土地，而人则可以通过语言来思维，从而拥有世界的全部。人创造文字是这种拥有的开始，就汉语符号而言，是古人“仰则观于天下，俯则观法于地，视鸟兽之文与地之宜。近取诸身，远取诸物”（《易经·系辞下传》第二章），依类象形、形声相益而成，所以，八卦和汉字结构内含有“以通神明之德，以类万物之情”的心理原型作用。用荣格心理学（又称分析心理学或原型心理学，analysis of the psychology）来理解，汉字就是中华民族集体无意识的原型，它是中华民族文化心理最原始的高度抽象与概括。在几千年的文明创造中，汉字的原型作用成了一切思想起源的种子，精神前进的拐杖。如中医学“阴阳、五行、气”等基本概念的内涵就是相应字形义的直接延伸，字形义中透射出来的心理原型就是中医创造性思维的逻辑起点。语言既然是古人“近取诸身，远取诸物”创造的隐喻系统，那么，语言自然就是人与自然、生命与宇宙联姻的产物。万物皆作为一种符号体现在人的言说中，栖居在人的精神家园中。“语词破碎处，无物存在。”[1] 语言把人的存在从物的世界移居到意义的世界，从有的境界移居到无的境界。[2] 从某种意义上说，“人类存在从本质上说是精神的而并非物理的”（R. Arnheim 语）。语言使人类有了一个与物质世界（世界 1）相对应的精神世界（世界 2）和文本世界（世界 3）。语言使瞬间即逝的感觉和思维成为一种可以传播、继承的存在；使个人隐秘的内心世界得以开放，成为可以让别人知晓、分享的事情；并改变了人的感知方式和思维方式以及人在世界里的存在方式。语言使精神获得了解放，人的痛苦从此不再只是肉体的饥寒和疼痛，也负载了因为语言而赋予意义的精神折磨。

语言本来深深地扎根于自然母体并与人的无意识浑然一体，语言是人类与自然和谐统一的工具。然而，现代生活的喧哗与骚乱却使我们逐渐远离了语言隐喻的本质和源头，使人的精神开始与自然母体相剥离，人性开始嬗变异化。所以，文学治疗的首要目的就是使人重新认识语言的本性，认识语言与人性的关系，使

---

① 出自海德格尔《在通向语言的途中》。

② 耿占春：《隐喻》，北京：东方出版社 1993 年版，第 3 页。

人返璞归真，亲近自然，拥有一种与大自然同呼吸共命运的宇宙意识。

人是唯一可以运用语言改造世界的动物

知识就是力量，可人类所有的知识都是用语言来表述的符号体系，所以从某种意义上说，语言就是力量。正是语言导演了我们这个世界无数精彩的生活剧。

语言使人类摆脱了动物的具体感性思维，发展出抽象的理性思维，它是人类科学文明成长的温床。如果没有语言，人类就无法记录自己的行为，无法表达个人的经验，无法交流各自的想法，更无法积累知识。爱因斯坦对科学的进步看得最为深刻，他认为，所谓科学的发展就是指概念的不断变化。概念，即表达事物的一个名词，是人（这个主体）对事物（那个客体）的认识在语言上的一种反映。从盘古开天辟地到当今21世纪，日月星辰周而复始并没有因为人的存在而改变，变化的只是人类语言的内容和形式。随着语言从象形文字到二进制数学语言的演化，人类思维的速度和严密性也大大地向前迈进了一步。对世界元素的认识从金、木、水、火、土五种物质的概念到原子、电子、粒子普遍结构的概念，人类借助语言这根拐杖，完成了从自然奴隶上升到自然骄子地位的飞跃。“工人一声吼，地球也要抖一抖”，人类因有了语言而骄傲。

语言的力量不仅表现在人与自然的关系中，还表现在人的社会活动中。《易》中说：“鼓天下之动者存乎辞。”语言是社会变革的发动机。春秋时鲁定公曾向孔子提出“一言是否可以兴邦，一言是否可以丧邦”（《论语·子路》）的论题，孔子回答说，如果你知道做君王的难处，你就会明白一言可以兴邦的道理了；如果君王的话不正确而没有人敢违抗，那不是已经接近于一言可以丧邦了吗？历史的发展一再证明了孔夫子所言的正确性，当年治国者的一句话，可以令九州翻天覆地。看看我国近 30 年的巨变，我们谁也不会怀疑“贫穷不是社会主义”、“让一部分人先富起来”、“科学技术是第一生产力”等语句一言九鼎的力量。老子也认为，“得万人之兵，不如闻一言之当”（《通玄真经》）。一句玄机之语与万人之兵的力量等价，可见语言力量的巨大。

既然语言是一种力量，话语的权力理所当然地就成了社会地位的一种象征。人类学的调查早就显示，无论是在家庭，还是在部落中，首先发言或讲话最多的人和他所掌握的权力成正比。在社会中，一些人“一言九鼎”，而另一些人言者谆谆，听者藐藐。既然权力与语言的关系密切，当权者讲话就理应谨小慎微、三思而行，否则，轻者可能因此而丢掉乌纱帽，重者可能祸国殃民。

人是可以用符号引发情感的动物

俗语说：“人生识字忧患始。”语言是现实世界信号的信号（即第二信号），当我们阅读文字时可以在脑海里呈现一幅相应的意象图画。古人云：“文来引泣。”“情以物迁，一切景语皆情语也。”如读山水诗，在不知不觉之间，眼识为之迷漾，脑筋为之摇曳，作品中的认知与情感在读者的阅读中被重建或引发出来，读者或为之心生感叹，或为之精神振奋，或因之开彻顿悟，或为之宣泄舒达。正如刘勰所说：“夫缀文者情动而辞发，观文者报以入情。”（《文心雕龙·知音》）作者与读者、创作与阅读是一个相辅相成的心理过程。

语言可以引发情感，这是人之所以为人的一个特点，可是有些情感却是与生俱来的，这时语言又可以起到控制与调节情感的作用。如《诗经·郑风·将仲子》中说：“将仲子兮，无逾我里，无折我树杞，岂敢爱之？畏我父母。仲可怀也，父母之言，亦可畏也。将仲子兮，无逾我墙，无折我树桑，岂敢爱之，畏我诸兄，仲可怀也，诸兄之言，亦可畏也。将仲子兮，无逾我园，无折我树檀，岂敢爱之，畏人之多言，仲可怀也，人多之言，亦可畏也。”别人的闲言碎语成了一种压抑自然情感的恐怖力量，换言之，道德禁忌就是一种话语体系，言语是禁忌，是恐惧的化身。

人是可以用符号开放内心世界的动物

《诗经》中说：“诗者，志之所之也。在心为志，发言为诗。”扬雄说：“言，心声也；书，心画也。故书者，舒也。”语言既可以是思维理性和情绪的直接表白，也可以是潜意识的隐含流露。弗洛伊德认为，“每一个人在心灵深处都是一位诗人”①。不过一般来说，成年人羞于表现自己诗一般的幻想，甚至向其他人隐瞒自己的幻想。但文学家与众不同的是：他能够凭借自我观察，用文字将内心的白日梦展示给读者。文学作品能够使我们享受到自己的白日梦而又不必去自责或害羞。在精神分析学派看来，神话故事是人类童年时尚未宗教化的梦幻歪曲后的残疾，是一个民族或全人类充满愿望的幻想。弗洛伊德通过分析西方文学史上的三部杰作，即索福克勒斯的《俄狄浦斯王》、莎士比亚的《哈姆雷特》和陀思妥耶夫斯基的《卡拉马佐夫兄弟》后认为，三部作品都谈论同一个主题——为了争夺女人而杀父（parricide）——绝非偶然，而是人类原始的心理情结（即俄狄浦斯情结），也是个体原始的罪恶倾向。

童话几乎是每一个民族给予儿童的第一种系统的语言教育和道德教育的形式。心理学家通过研究后发现，童话是个体童年梦境的演变，如安徒生的童话《皇帝的新装》，裸体的皇帝就是梦

---

① ［奥］弗洛伊德：《作家与白日梦》，车文博主编：《弗洛伊德文集》（第四卷），长春：长春出版社 1998 年版，第 426～435 页。

者，即一种对童年经历回忆的裸体或曰暴露梦。童话的心理作用并不仅仅是儿童的，它是成年作者对过去心理历程的回忆或投射。实际上我们每一个人都有自己喜欢的一部童话，都有自己认同的某个童话人物或主角。在这个人身上折射了我们自己的人生观和价值观，以及我们曾经有过的梦想、自卑、恐惧或憎恨。例如，安徒生的《丑小鸭》中的那只可怜的丑小鸭，一出生就受到同胞、母亲、野鸭、雁、女佣人，甚至狗的歧视和欺辱，它一直感到难过、委屈、压抑，没有哪一个主体能理解它和给予它什么，直到有一天她在水的倒影中才实现了自己是一只天鹅的梦想！其实，当被爱受到剥夺时，便转向自恋（narcissism），这早已反映在希腊的传说中了。纳西索斯（Narcissus）就是这么一个宁愿喜爱自己倒影的水仙花神。在《卖火柴的小女孩》的童话中，小女孩家贫如洗，在饥寒交迫的除夕，她只能在自己划亮的火柴中得到温暖，闻到饭菜香，看到圣诞树，得到老祖母的慈爱，飞到没有寒冷、没有饥饿、没有忧愁的天上去。作品反映了所有穷人都想摆脱贫困的愿望。同时童话也可以揭示人类最隐秘的深层心理。如贝洛的《灰姑娘》几乎家喻户晓，而且这种从平民到公主、王妃的神话式婚姻在当代亦一再重演。它不知撩起了多少青春少女的美梦：一朝嫁个好丈夫，一世尽享荣华富贵。于是幸运、缘分、幻想便成了许多女性所信奉的东西。在白雪公主的故事中，继母不能接受衰老，害怕女儿在青春和美丽上超过自己，并再三地加害白雪公主，投射了女人之间的争宠和嫉妒情结。而另一些童话则是人类心理发展的形象折射，如许多童话涉及旅行的题材并非偶然，主人公总是带着某项使命离开家园远征，历尽高山峻岭的考验和与野兽、敌人的搏斗，最后凯旋。这种惊心动魄的故事隐喻了人类古老的启蒙意识和从童年到成年自我心理发展的不平凡历程。

语言沉积了人类的经验，而经验则进一步塑造了人类的心灵，使认识可以步步深入，层层递进，使情感更加丰富多彩。动物只能借助于示范向它的同伴和后代传递经验，如蜜蜂只能用舞蹈来向同伴表达自己采蜜的经历；而人类则可借助于语言将自己的内心体验、经验、认识和情感超越时空来传递给他的同胞。语言可以让所指不在场，即使相隔上千年，我们仍然可以在唐诗宋词中感受到文人的豪迈、惆怅、忧伤与多情……

语言的这种开放性使临床问诊和病史叙述成为可能，而这正是人类医学区别于动物医学的重要特征。

人是唯一通过语言社会化的动物

威廉·冯·洪堡特（Wihelm von Humboldt，1767—1835）说："一个民族的语言多少世纪来所经验的一切，对该民族的每一代人起着强有力的影响……面对语言的威力，个人的力量实在是微不足道的。……语言始终能使一个人清楚地意识到，他仅仅是整个人类的一分子。"[①] 世界上不止一次发现这样的案例：一个农妇的婴儿被狼叼走，结果农妇的孩子成了狼群中的一员。虽然后来猎人将这个孩子救了出来，并再按人类的方式抚养，结果总是徒劳的。"狼孩"与人类的基因和身躯毫无二致，也并不缺乏食物营养，但他却不能再返回成为社会的人。由此可见，儿童若早期缺乏语言塑造就不可能从一个自然的人进化成为一个社会的人。语言是文化模式的载体，是个体社会化的必要工具和媒介。

冯梦龙在"三言"中讲了这样一个故事：有两个同年出生的男孩，甲男孩自幼聪明，乙则显得有点先天不足。有个算命先生见了便对孩子的家人说："甲将来必成大器，乙可能只有乞丐

---

① ［德］威廉·冯·洪堡特著，姚小平译：《论人类语言结构的差异及其对人类精神发展的影响》，北京：商务印书馆 1999 年版，第 7 页。

命。”可后来的结局却与算命先生所言的刚好相反，甲成了乞丐，乙反而成了状元郎。这是因为甲的家庭为算命先生的预言所误，将预言当成现实，忽视对孩子的继续教育，而乙的家庭用加倍的教育去弥补孩子的先天不足，使愿望成为现实。可见个体与个体之间在智力、人格、情绪和行为模式上的差别，归根结底是社会化过程中所接受的语言教育化模式不一所导致的。

人是唯一对符号崇拜敬畏的动物

语言一方面使人的精神从对大脑的依附中获得了解放，另一方面也使人易陷于意念的牢笼和语言虚拟的恐惧之中。《诗经·郑风·将仲子》中诗人早就道出了这种自远古以来就有的语言恐惧：“将仲子兮，无逾我里。无折我树杞，岂敢爱之？畏我父母。仲可怀也，父母之言，亦可畏也。”孔子把“畏圣人之言”当做君子应该敬畏的三件东西之一（另外两件是“畏天命”、“畏大人”，见《论语·季氏》），也许孔夫子的这种观点最终内化成了中华民族的一种消极的心理特质。人类学和儿童心理学的研究表明，语词对人们行为的强制性力量与其文化的发达程度成反比。

卡西尔说：“在几乎所有伟大的文化宗教的创世说中，语词总是与至尊的创世主结成联盟一道出现的；要么它是主使用的工具，要么它就是第一源泉——主本人，像其他的‘存在’和‘存在’的序列一样，都是从这个源泉中衍生出来的。”[①] 所以从人类的神话时代开始，语词就获得了如宗教般至高无上的魔力。印度的《百道梵书》中说：“语词乃不灭之物，天道之长子，《吠陀》之母，神界之脐。”卡西尔分析了埃及等民族在各个历史时期的宗教信仰和仪式的表现形态，指出：与其说语词是神本

① ［德］恩斯特·卡西尔著，于晓等译：《语言与神话》，北京：生活·读书·新知三联书店1988年版，第70页。

身，还不如说它是神名更为恰当，即显示出对名称的至尊地位及寓于其中的魔力的信仰。

在古代，名称与其指称物之间似乎获得了越来越多的同一性，而且它的意义和价值也越来越大。在神话思维中，一个人的自我与其名不可分割地联系着。在中国，原来众人可以使用的第一人称代词“朕”，后来只能归皇帝一人使用；避讳也是中国的一种语言文化现象，姓名不仅成了皇帝可以赠予的财富，也是不可侵犯的权威。一个独立自由的人就应该有一个名，据说，因纽特人就认为，人是由肉体、灵魂和名称三种元素构成的。在古罗马时代，奴隶是没有“法人”（legal person）地位的，因而也没有法律上的名称。

姓名使一个人成为一种社会的和精神的存在，一个人的名字寄托了父母等取名者对孩子的一种期望，甚至可能是父母一生最大的期望都浓缩在这个永久的名字中。在以后的岁月里，许多不经意的生活小事或言论都会加深这个名字对当事人心理的影响。据闻，美国俄亥俄州立大学的心理学家 James Bruning 通过调查发现，一个人的名字与其职业的选择和求职的可能性有一定的关系。因而在民间，取名或改换姓名就成了一种改变人生命运、塑造人格以及实现某种愿望的惯用手段。例如有一个男子，他是在中国“大跃进”、“大炼钢铁”时代出生的，因而父母给他取名叫“姚钢”，可是长大了却体弱多病，长年求医问药。后来经一道士点化，改名为“姚新”，意即从此他便有了一个新的自我、新的生命、新的开端。我们在有关广东区域文化和族群心理的研究中发现，客家人、潮汕人和广府人的取名倾向就有较大的区别，取名反映了功名、财富、美貌等各个族群最期望的东西。

卡西尔认为，在人类的神话时代，“语言的在场即构成了全部存在的总和。此时，指称该思想内容的语词并不是一个单纯的约定俗成的符号；它汇入其对象，与之结成一个不可分割的统一体。意识经验并非单纯地与语词结合为一体，而是被语词所吞没了。因此，凡被名称所固定的东西，不但是实在的，而且就是实在”[①]。虽然，“人类的心智不得不经过漫长的演化过程，才能从原来那种信仰蕴含在语词中的物理—魔法力量的处境达于认识其精神力量的境界”。“然而，语词的这种实体化对于人类心灵活动的发展来说有着极其重要的意义。因为，它是语言中固有的精神力量得以从中被理解的第一种形式。语词首先必须以神话的方式被设想为一种实体性的存在和力量，而后才能被理解为一种理想的工具，一种心智的求知原则，一种精神实在的建构与发展中的基本功能。”[②] 从整体来说，人类虽然已经走过了心智发展的这个原始阶段，但这并不意味着人类就已彻底超越了它，人类心智的发展并不是简单的破旧立新式的革命，而是如地质进化一般，一层叠加在另一层上，或数层交错。

人类儿童时期的语词崇拜情结仍沉积在意识的原始层面，在日常生活中，这种情结往往在一些民俗、俗信中还可以寻到踪迹。例如，一些人为了追求一个所谓吉利的门牌号码、电话号码、车牌号码，不惜花费重金、费尽心思；一些地方过春节时在家门口或商店门口悬挂橘子、蒜头，取“吉利”、“顺利”之谐音。在不同的地区或者不同的时期，人们偏好不同的数字，如广东人喜欢“8”，因为它与“发”谐音；喜欢“6”，因为它与“禄”谐音；哈尔滨人对“7”字本来一直很冷落，可世易时移，近年因发现“7”与“起”谐音，因而又开始流行“7”字风了；在许多地方忌讳的“4”，在湖南却另有阐释，因为它可喻“四季发财”。本为最单纯的数字在语言拜物教的意识支配下全都染

① ［德］恩斯特·卡西尔著，于晓等译：《语言与神话》，北京：生活·读书·新知三联书店1988年版，第80页。

② ［德］恩斯特·卡西尔著，于晓等译：《语言与神话》，北京：生活·读书·新知三联书店1988年版，第83页。

上了陋俗的气息。

在另外一些情况下，只要诱导条件适宜，语言拜物教意识还会从潜意识的底层里冒出来成为一种可怕的精神力量。如一些本性善良而自认为世界对他不公的人，常常在邪教教主的诱导下，首先成为“语言拜物教”信徒，对教主的话语顶礼膜拜，以致成为邪教的牺牲品。这样我们就明白了为什么邪教教主要千方百计地神化自己的话语，以及将自己的“语词新作”实体化的动机所在。

要维系某种道德教义就必须首先建立恐惧感，而欲维系恐惧感就必须首先建立语言恐惧，这几乎成为一条社会潜规则。

人是唯一可以被符号蒙骗的动物

“以名举实”本是文字的基本功能，有一个称呼（名）就有一个被称呼的事物存在，这好像是一个不用思考的道理，可正是这个好像理所当然的事情却常常蕴含着使人迷茫的陷阱。中国先人发明了“魂魄”一词，认为人死后“魂”飞升为神，“魄”沉没为鬼。于是乎，世俗中就有了积德修炼为神、多行不义为鬼的信念和行为。影视作品中也出现了各种各样的神与鬼，人们或许知道那是文学作品的虚构，然而当“鬼神”这种名词换成了一些经过打扮的时髦概念时，如“××气功”、“特异功能”等，人们就不容易辨别其真假了。我们常常听到有些所谓大师说他能作“带功报告”，或读他的书可以治病，因为他写的书字里行间都带“气”；更有一些邪教教主不准学员在他写的书上随便勾画，因为每个字都是教主“法身”的形象。就这样，古老的互渗交感巫术在言语和文字的魔杖下复苏。这真是对现代科技社会的一大嘲弄！

从物理形态上看，不论是谁，说的话都是声波在空气中的传播；不论是谁，写的书都是油墨在纸上的印刷符号，但偏偏有不少人对那些所谓大师言听计从，把他们的相片和所写的文字视为可以包治百病的灵丹妙药，这是为什么呢？要破解这个心灵的困惑，我们就必须知道人类语词的魔力信念和语言拜物教的历史现象。《淮南子》里说："昔者仓颉作书而天雨粟，鬼夜哭。"可见，人类创造了语言，使人类摆脱了动物界，并创立了文明，这是一个非常了不起的事件，所以古人对语言的神通能力顶礼膜拜。语言的功能被神化，在世界各种宗教的仪式中，祷告、忏悔和咒语就是对语言魔力崇拜的表现。中国道教使用的咒语和符箓种类繁多，这是人所共知的，那些宣称被注入了神力的文字成了道士辟鬼祛邪、逢凶化吉的法宝。在一些科学的阳光还未普照的地域，在穷乡僻壤和城镇街头巷尾，道士的这些方术也还有一定的市场。事实上，在现代工业化社会，人们对语词魔力的崇拜之情并未减弱，如对含吉祥字词和数字的商店名号、电话号码和车牌号码不惜重金地追求以及对不吉利字词千方百计地避讳。由此可见，那些所谓的大师把自己所说的话和所写的文字说成是某种带有能量的东西，实质上就是一种现代的语言拜物教，其目的是神化自己。

冯友兰先生、胡适先生都曾经指出，中国有一个不叫宗教的宗教，这就是"名教"。"名教"便是崇拜文字的宗教，便是信仰字有神力、有魔力的宗教，信仰"名"，崇拜"名"。把语言文字等同于它所指的事物或现象，甚至以为有名便有物，如"鬼"本是一个没有实在之物的虚概念，可不少人以为有"鬼"这个名就一定有各种各样的鬼存在。邪教正是一个"名教"的制造者，生造出"天目"、"天国"等名，企图使人以为真有一个实体存在，其实不过是制造了一种由语词构成的幻觉。不少传授者声称免费教功，只收书本费和磁带费等，其实正是他们把普通的文字变成了最迷惑人的敛财敲门砖。邪教教主胡诌什么得功的人会讲"宇宙语"，"他打出的意念是带立体声音的"，把那些本来很易被人识别的胡说八道弄得神乎其神。例如，经验告诉我们，如果一个人对台上演讲者吹嘘的东西不感兴趣，最常见的反应就是打瞌睡，这恐怕是连小学生都知道的一种体验。可邪教主对于那些已睡着了的学员，却说："这些睡得很香的人一个字也没落下，都听进去了，人从此精神起来。"事实上，正当不断误入罗网的信徒在那里硬着头皮拜读那东拼西凑、文理不通的所谓"经文"时，大把大把的金钱就落入玩弄文字魔杖的人的腰包里，这便是新一代"名教"的发财经。

人类社会离不开语言这个工具，但我们千万不要忘记语言不仅可以命名世界上的各种事物，也可表达人内心"有名而无形"的主观体验、臆测、幻想、幻觉和妄想。有语言描述的东西并不一定都是世界上真实的东西，它也许只是一种耗费人毕生精力的幻影。语言同样可以构筑一个陷阱！

人是唯一可以被符号伤害的动物

正如世界上的许多事物具有两面性一样，语言也是既可有利于人，也可加害于人的。语言既可以安抚人的心灵，也可以当做制胜的利剑。《三国演义》中诸葛亮"轻摇三寸舌，骂死老奸臣"就是一个例子。语言是一把双刃的利器，故为人言语不能不慎。儒家早就告诫曰："乱之所生也，则言语以为阶。君不密，则失臣；臣不密，则失身；几事不密，则害成；是以君子慎密而不出也。"（《易经·系辞上传》第八章）民谚"祸从口出"说明了言语与人之福祸的关系。又如"人言可畏"、"恶语伤人"也是人们所熟悉的一种社会现象。人对一只鸡说"我要马上宰掉你来招待客人"，那只鸡肯定无动于衷。可是人与人之间，一句话，甚至一个眼神、一个微小的表情变化都会引起对方心灵的波澜。常言道：温馨的话语如春风化雨，冷言冷语好似寒冰刺骨。谣言、讽刺、挖苦、侮辱、戏弄都是伤害人心灵的毒药。可见，人是一种可以被符号伤害的动物。

据新闻报道，某学校为追求升学率，将一些成绩差的学生列为弱智而不用把他们的成绩计算在平均分内，家长无奈要替孩子开“弱智证明”方能保留孩子留校学习的资格。由于校方将这些学生的隐私公开化，一些教师当众羞辱这些学生是“白痴”、“大傻子”，其他同学在课间也经常对这类学生进行羞辱，结果长时间的巨大的精神压力竟使这些学生出现幻听或其他精神错乱的症状。

在心理咨询中，人际关系障碍者常常会列举自己非常在意的别人对自己的评价，其实那可能只是别人随意说的一句话，但在敏感者看来那是多么重要，于是耿耿于怀以致忧郁。可见，语言的致病性并不比其他的社会危险因素小。

由于在医患之间医疗信息的不对称性，医生既是卫生服务的提供者，又是卫生资源的分配者和消费的引导者，病人只得听命于医生，所以医生的话语对于患者来说几乎具有绝对的权威性和巨大的影响力。于是，医生一句不经意的话就可能引起患者的无端猜测或心理伤害，从而造成医源性疾病。

弗洛伊德赞同其他学者对现代文学的批评，认为“现代文学不厌其多地关注激惹公众激情的话题，这只能激励纵欲、追求快乐，蔑视基本的伦理原则及各种理想，呈现在读者面前的往往是病态人物、性变态行为等问题”①。神经症的增加与现代文明生活有着不可分割的联系，具有挑逗和暗示情欲性的文字、画面和流行曲充斥着人们的感官，这足以表明现代符号对人精神的种种魅惑。

① ［奥］弗洛伊德：《“文明的”性道德与现代神经症》，车文博主编：《弗洛伊德文集》（第二集），长春：长春出版社 1998 年版，第 605 页。

人的本质是社会关系的总和。人要进行各种社会活动，完成社会任务，就不能没有人际交流。曾子说“君子以文会友”，可见，文字、言语是人际交流的工具。简而言之，交流的目的就是要在了解和理解别人表达的意思的基础上，表达自己的意思，从而实现工作和生活的协调。由于人与人之间的交流方式实现了从原始动物同样具有的身体直接交流到超越时空的符号交流的飞跃，所以，人类的交流具有更复杂的内容与形式。

言语可以作为了解别人心理的一扇窗口。古人云：“不知言，无以知人也。”（《论语·尧曰》）“君子一言以为知，一言以为不知，言不可不慎也。”（《论语·子张》）儒家把学会利用言语判断一个人的心理状况或人格看成是君子行事的基本素质。如何判断？古人早有经验：“信言不美，美言不信。善者不辩，辩者不善。”（《老子》八十一章）“将叛者，其辞惭，中心疑者其辞枝，吉人之辞寡，躁人之辞多，诬善之人其辞游，失其守者其辞屈。”（《易经·系辞下传》）“诐辞知其所蔽，淫辞知其所陷，邪辞知其所离，遁辞知其所穷。”（《孟子·公孙丑》上）

言语是人际沟通的主要手段，但要慎言，这是古人的训诫。当说则应该说。孔子说：“可与言而不与之言，失人；不可与言而与之言，失言。知者不失人，亦不失言。”但言语者一定要注意言语的时间与方式，孔子教导学生：“言之未及之而言谓之躁，言及之而不言谓之隐，未见颜色而言谓之瞽。”（《论语·季氏》）人说话不必做作掩饰，只要“辞达而已矣”，反之“巧语乱德”（《论语·卫灵公》）。

同理，书写的文字也可以成为窥探人的性格与气质的指标。古人曰：“喜则气和而字舒，怒则气粗而字险，哀则气郁而字敛，乐则气平而字丽。情有轻重，则字敛舒险丽亦有深浅，变化无穷。”（明代书法家祝允明语）在当代，通过字迹判断书写者的心理特点甚至已经成为一门学问。

语言虽然具有帮助人们交流的作用，可是光有语言沟通并不一定能达到心灵上的沟通以及语义上的同一理解。如夫妻之间、男女之间、中西医学研究者之间、不同文化背景的人之间虽然有语言上的沟通，甚至有高频率和激烈的交流形式（争斗），却无法达到真正的沟通和理解，因为他们可能对同一事实有不同语义的理解。可见，理解话语的结构和语义比话语的你来我往更为重要。面对前来心理咨询的夫妻，我常常陷入沉思：他们总说自己有理，说自己是委屈的，他们都站在自己的立场上，就永远不能理解对方的话语，也永远不可能看见自己话语逻辑的缺陷。与其说他们说的内容不一样，不如说他们话语的结构迥异。俗语说："公说公有理，婆说婆有理"，"清官难断家务事"。这好比巴赫和舒曼两种不同风格的乐曲同样优美一样，用同样的音符建构不同的乐章，体现了不同的人格和精神。事实上，不同信仰的人也好，不同观点的人也好，不同文化的人也好，他们的区别仅仅是因为都拥有自己独特的且相互不可通约的话语诠释系统而已。所以可以认为，在有关人际关系的治疗中，关键的问题并不仅仅是有没有沟通，而是帮助当事人重建一种开放式的话语态度，即一种可以兼容不同声音的、灵活机动的、可以同化和顺应别人话语的态度。古人云："二人同心，其利断金，同心之言，其臭如兰。"（《易经·系辞上传》）可见意志和言论的一致是人与人之间沟通的理想境界。

人是唯一会患语言疾病的动物

语言是人的基本社会功能，那么语言表达能力差或丧失就会被视为一种与生理疾病类似的缺陷。在心理咨询中不难发现，人际关系紧张、社交恐惧症、抑郁症、焦虑症患者中有相当一部分人存在着语言表达能力差的共性（或称之为述情障碍），如口吃、词汇贫乏、语速过急过快、措辞不当等。来访者也常抱怨自己“不会说话，得罪人”。其实，人类是唯一会为语言表达问题而苦恼的动物，至于失语症、失读症等更是唯人类独有的疾病。

人类因为有了语言，其精神疾病的种类和内容远远超过了动物世界，人类的许多精神障碍表现出语言形式和内容的改变。因此，临床医生可以从分析语言的形式与内容上来判断人的思维正常与否。如思维奔逸（flight of thought）时的口若悬河、思维迟缓（inhibition）时的言语简短、思维贫乏（poverty of thought）时的词汇贫乏、病理性赘述（circumstantiality）时的累赘描述、思维破裂时的词语杂拌现象（word salad）、精神分裂时的语词新作（neologism）。思维活动形式的障碍在言语上的表现有：持续言语（perseveration）、重复言语（palilalia）、刻板言语（stereotype of speech）和模仿言语（echolalia）等。

人也可因为语言而引发心病。陆游思念前妻唐氏作《钗头凤》一首题于园林壁上：“一杯愁绪，几年离索，错错错……山盟虽在，锦书难托，莫莫莫。”唐氏读后以诗和之，不久便怏怏而卒。据史载，有娄江女子俞二娘因读《牡丹亭》悲伤断肠而死，有杭州女伶尚小伶因演《牡丹亭》伤心而亡。在西方亦有类似悲剧，如1774年歌德的小说《少年维特之烦恼》问世后，曾诱发了欧洲大陆青少年的一次模仿式自杀高潮，以致一些国家不得不下令收缴该书。

人是唯一可以通过符号医治的动物

语言具有改造自然和社会的力量，同样也具有塑造人类自身的力量。如道家符箓派就有这样的信仰：相信一种写有变形文字符号的“符”（纸条）具有避灾驱邪的神奇作用。中国古人相信“文如针药”，甚至专创“箴”这种特别的文体，用于规过，疗人心疾。如刘勰所说：“箴者，所以攻疾防患，喻针石也，斯文之兴，盛于三代。”人们也常说“忠言逆耳，良药苦口”，将规劝人的金玉良言比作涤荡肠胃的中药。

《黄帝内经》记载了中医运用语言治疗的经验。中医认为对于那些王公大臣、血食之君、骄恣纵欲者，“禁之则逆其志，顺之则加其病”，治疗最好先行语言引导，即：“人之情，莫不恶死而乐生，告之以其败，语之以其善，导之以其所便，开之以其所苦，虽有无道之人，恶有不听者乎？”（《黄帝内经·灵枢·师传》）清代名医吴鞠通进一步将这种认知心理疗法说得更明白：“凡治内伤者，必先祝由，详告以病之所由来，使病人知之，而不敢再犯，又必细体变风变雅，曲察劳人思妇之阴情，婉言以开导之，庄言以振惊之，危言以悚惧之，必使之心悦诚服，而后可以奏效如神。”（《温病条辨》）

中医很早就利用语言来引发不同的情绪以作为心理治疗的手段。如张子和说：“喜可以治悲，以谑浪亵狎之言娱之。”（《儒门事亲》）类似的，“悲胜怒，以呛恻苦楚之言感之；怒胜思，以污辱欺罔之言怖之；思胜恐，以虑彼志之言夺之”。

文字还被直接当做心理治疗的手段。清代文人李渔可能算是中国阅读疗法的最早提倡者，他说：“凡系识字之人，即可以书当药。传奇野史，最驱病魔，倩人读之，与诵咒祛邪无异也。”（《笠翁一家言全集》卷六）清代名医何其伟医术、诗文俱精，他甚至以文喻医：“治病与作文，其道本一贯。”他将临床辨证施治比作先阅读病人的文本，再做文章一样，动手之前仔细审查文题，写作时一丝不苟，但章法万变，不墨守成规。

心理咨询与心理治疗是运用语言作为治疗工具的最典型领域，如精神支持疗法——用语言表达另一些人对当事人问题的看法，提供解释、安慰和共情，表达精神上的支持；暗示疗法——用语言描述一种意境，使当事人的意识障碍降低，诱导其改变自我观念，重建自信心；催眠疗法——借助语言催眠后的暗示，解除当事人的精神痛苦，甚至戒除其不良行为；精神分析——无论是自由联想，还是析梦，语言始终是精神分析的必要媒介；意义疗法——人有决定如何存在的自由，也有追求意义的意志，而意义必须依赖于语言的构造；语意治疗法——通过帮助来访者澄清有关生活中语意上的困惑从而达到解除心理障碍的目的。毫无疑问，语言是临床心理学的一种不可缺少的治疗工具。

与拼音文字相比，中国汉字在失语症等心理疾病的治疗方面还具有特别的功效。据报道，失语症儿童在使用拼音文字的欧美尤为多见，而在中国和日本却相对较少。失语症发展到10岁以后就可能导致儿童自闭、低能和弱智，而西方一直苦于没有好的治疗方法。数年前美国和中国香港的一些学者就尝试运用汉语作为教育媒介，对失语症等患者进行识认字符和发音训练教育，结果这种“汉字图书疗法”取得了较好的疗效。费城心理学家在一名叫米尼的因脑外伤而失读的少年身上进行试验，他们先教米尼学习汉字，然后用英汉对照的句子进行训练，要求米尼看着下一行的汉语译文，读出上一行的英语句子，结果试验成功了，米尼逐渐恢复了英语阅读能力。有学者解释，由于人脑进化的结果，左右脑分别有不同的优势，即左脑主要具有语言、概念、数字、分析逻辑推理等优势，而右脑则有音乐、绘画、空间、想象、灵感、综合等优势。认识拼音文字需要经过三个过程，即字符作为画面先要在左脑得到判断确认，转化为音节概念后，一连串的音节则要在右脑进行处理，最后左脑还要对形成的字符意义进行推理，完成上述三步需要0.3秒。如果识别汉字时左右大脑协调并用，左脑认字音、字义，右脑认字形，不需要经过形音义在左右大脑的来回转译，则只需0.1秒即可。所以，学习汉字可以提高人对右脑的利用，促进左右脑的平衡发展。

美国哈佛医学院附属医院近年还将“汉字图书疗法”作为消除住院病人消极情绪的辅助治疗方法。他们根据治疗功能的不同，将中文书籍分成三类，即影响理智和思维能力的A类书籍、影响情绪的B类书籍，以及帮助患者理解生活意义的C类书籍。医生针对患者不同的个人问题进行阅读指导。专家认为，这种疗效与汉字特殊的象形阅读视感有很大的关系。

人是唯一追求符号意义并可为此献身的动物

心理学中把人的智力分为“言语智力”和“操作智力”两类，只有这两种智力因子发展平衡才可算正常。所以，言语与操作行为能力的统一是人之为人的重要特征。因此，人是唯一为言行是否一致而羞耻苦恼的动物。孔子曰：“古者言之不出，耻躬之不逮也。”“君子欲讷于言而敏于行。”（《论语·里仁》）

尽管动物和人都患疾病，但只有人才会因为语言而赋予疾病以某种意义。萨特等存在主义哲学家对人患病时的意义构成作了区分，当一个人患病时，例如局部疼痛，开始只是肉体上的活生生的感性体验，如果这种感觉持续地引起不适，就会使患者集中注意这种疼痛，个体就会尝试去理解这种疼痛代表了什么。也就是说，体验变成了一种被赋予了意义的东西，这时疼痛就不再只是一种生理的疼痛，而是变成了一个心理的客体，即疼痛被当做一种具有特定预兆和意义的痛苦而体验。进而，患者可能以他不完全的知识来解释这种疼痛，疼痛又被当做一种特定的疾病来理解和体验。如果患者去求医，医生用解剖的、病理的概念再次对这种疼痛进行解释，患者对疼痛的体验又被“翻译”成为一种理性层面的病理问题。显然，同样是患病，动物与人具有相同的第一个层面的感觉，而人类因为有了语言才有了后三个不同层面的体验与意义确认。事实上，患者生病时的体验和对症状的解释不仅受所处的生活世界中理论背景的影响，而且因其阶层、性别、年龄、职业的不同而有差异。

一个人对所患疾病的反应完全取决于他自己对疾病意义的理解。例如，一个受外伤的人可能会大声呻吟，以获得别人的帮助和同情，可是一个患有性病的人就只会选择沉默，因为后者常被人们赋予了好色、不道德、得到报应等消极的社会评价，公布病情会使当事人蒙羞。经验表明，意义的改变可以减轻或加剧痛苦，而疾病诊断就好比贴标签，它赋予疾病某些特殊的意义和道德评价，并因此带来患者不同的行为反应。①

大家知道“画饼充饥”、“望梅止渴”的故事，一个符号可以引发一个意象，可以缓解生理的需要；同样，文字语言也可以满足人类的精神需要。中医《黄帝内经》引用道家关于“小国寡民”的社会神话，描绘了一个“春秋皆度百岁，而动作不衰”的生命理想之国，尽管后来的人们谁也没见证过这样人人健康可至生命极限的社会，但这样的美好境界一直成为后人孜孜以求的梦想。人类的历史发展表明，人类的行动总是跟在文字制造的幻想后面蹒跚。

人不断地学习由语言构成的各种理论，追求由语言逻辑推理构成的所谓真理，甚至可以为真理而献身。孔子曰：“朝闻道，夕可死矣。”（《论语·里仁》）不少仁人志士像布鲁诺那样为宣传和捍卫自己信仰的学说而献身；而另一些人则对用谎言编造的世界末日的说教惊恐万分，对“特异功能”、“神医”等现代神话顶礼膜拜。世界上每年因痴迷邪教而自杀身亡的人不计其数，这在常人看来简直不可思议，其实他们不过是将生命祭献给了一个用谎言编造的幻觉世界。创造文字和使用文字写作的人会死，阅读和迷信文字的人亦会死，但文字不会死。人创造了文字的生命，而文字既可以使人的精神永垂不朽，也可以成为使人神魂颠倒的迷幻药。一位文人这样自白：“穷其一生，追随文字，为她所累，为她所误，我亦无悔。”人啊人，你创造了文字，却又为什么成了文字的奴隶呢？

---

① ［美］托姆斯著，邱鸿钟等译：《病患的意义》，青岛：青岛出版社2000年版。

文学治疗的各家学说

文学治疗已经有悠久的发展历史。文学治疗是指通过阅读或创作文学作品，达到修身养性、建立新的认知、调节情绪、重塑人格、改变行为模式等目的的一种心理治疗方法。从当事人与文学作品的生成关系来看，文学治疗可以分为阅读疗法和创作疗法。为讨论方便，这里是在广义上来讨论文学治疗的。

在西方，1802 年，美国医生本杰明·路斯（Benjamin Rush，1746—1813）首先建议患者通过阅读小说来改善心理状况；1916 年塞缪尔·麦柯德·克罗舍斯（Sammel Mechord Crothers，1857—1927）第一个真正把阅读称为一种心理疗法（bibliotherapy）。从 20 世纪 40 年代开始到 90 年代，许多学者和心理医生对阅读疗法的定义、目的与功能、实施方式等问题做了大量的研究。[①] 虽然各位学者关于阅读疗法的理解不尽相同，但是对于书籍这个媒介的作用，以及对阅读者心理体验历程的认识还是比较一致的。弗洛伊德对文学作品与心理关系的研究闻名遐迩，他利用神话传说、寓言、小说、戏剧等文学作品论证了他在临床个案中发现的一些潜意识规律和神经症病理机制，也探讨了诙谐故事中令人愉悦的心理机制，研究了文学作品对读者心理产生的正面和负面影响。

① 王万清：《读书治疗》，台北：心理出版社 1999 年版。

与西方阅读疗法有所区别的是生于伊朗，后移居德国的心理学家诺斯拉特·佩塞施基安（Nossrat Peseschkian，1933—）所做的东方式的文学治疗工作。他长期从事跨文化心理学研究，运用谚语、神话、寓言和故事等文学形式来提供跨文化的观点，使患者能从比喻的角度重新认识自己，顿悟解决心理冲突的途径，创造了一种积极的心理治疗方法。①

创作或阅读文学作品为什么具有心理治疗的功效？人类学家、哲学家、心理学家、美学家和文学家们分别从各自的视角提出了自己的观点。

教化说

中国古人认为，文学的首要功能就是教化。可以说自有文字开始，读书就不仅是为了获得知识，而且也是为了塑造人格，调节情志，净化精神，学习人伦。正如孔子所言："《诗》可以兴，可以观，可以群，可以怨。迩之事父，远之事君，多识于鸟兽草木之名。"（《论语》）这就是说，读《诗经》可以培养人的想象力，提高观察力，培养集体感，排遣心中的郁闷；还可以教人侍奉父母，教人忠于君主，还可以学习动植物的知识。阅读疗法的文本形式的萌芽最早见于古文献《庄子》、《韩非子》和印度的《五卷书》，虽然当时编写这些故事的主要目的是"文以载道"（即用来论述社会政治经验），与现代的文学治疗调节人的认知、情绪和塑造人格的目的有别，但它们以寓言加训谕式议论的文体与现代阅读疗法通过引人入胜的故事，从而教育人、启发人的方法是完全一致的。正如《五卷书》开篇所说的，编写故事是为了教育年幼无知的王子学习治理国家的道理一样，现代文学疗法

① ［德］诺斯拉特·佩塞施基安著，明太、明谊译：《冒险一试的勇气》，北京：社会科学文献出版社 1998 年版。

也是促进当事人自知、顿悟。传说建立北魏的魏武帝（371—409）曾问群臣："天下何物最益人智？"臣子回答："唯有书也！"所以魏武帝诏示天下以求书。因为读书可以使人"如与古人相见，如与古人相语"，如亲游天下诸国，如聆听伟人见解高论。读书的确是一件广人之智、开人眼界、使人幸福的事情。①

鲁迅（1881—1936）初上文学道路的时候也持教化论的观点。他本因想救治像他父亲那样被误治的病人而学医，但后来他的人生却因看了一场侵略者杀害国人的电影而发生了转变。他在《呐喊》自序中说："因为从那一回后，我便觉得医学并非一件紧要事，凡是愚弱的国民，即使体格健全，如何茁壮，也只能做毫无意义的示众的材料和看客，病死多少是不必以为不幸的。所以我们的第一要著，是在改变他们的精神，而善于改变精神的是，我那时以为当然要推文艺，于是想提倡文艺运动了。"小说集《呐喊》就是他对着一群即将从昏睡而入死的人们的呼号。

文学艺术究竟是如何缓和情欲的粗野性并进行教化的呢？黑格尔认为，其原理是："艺术把当事人在这种情况下所感所行化为意象摆在他面前，使他可以看到。尽管艺术仅限于把情欲的图形摆在当事人面前，让他观照，尽管那图形是奉承他的，那里面也还是有一种缓和的力量，至少是它使当事人意识到他不借这种图形就意识不到他自己的直接存在。他因此就观察到他的冲动和意向，本来这些冲动和意向驱遣着他，使他无暇反省，现在他已经看到它们作为外在对象和自己对立，因而获得了自由，不再受它们控制了。"艺术家们把原来只存于内心世界的痛苦表现为文字、图画、声音和形象等外在的、表象的东西，这可以使他自己重复地省察和思索，原来那种束缚人的自然情感现在转而仅仅成为一种观念性的关系，失去了强迫人的热辣性，文学艺术用她慈

① （清）孙宝瑄：《忘山庐日记》，上海：上海古籍出版社 1983 年版。

祥的手替人解去了自然的束缚，从而使当事人获得了意志的解放，减轻了个人的痛苦。[1]

中国古人认为，阅读文学作品之所以具有净化情欲、道德训导的功效是因为人心唯危，道心唯微。所谓危者，嗜欲之心如堤之束水，其溃甚易；微者，理义之心如帏之映灯，若隐若现。读书既可使人明事理，维系易溃散之心，亦使身心有所栖泊，而不致被声色货利所迷惑。按照西方黑格尔的哲学观，语言既是人精神的出发点，也是精神的归宿和家园，这就是说读书可以使居无定所的思想稳定下来，使那些迷惘和困惑的灵魂找到家园。

“书中见往事，历历知福祸。”（白居易语）所谓前车之覆，后车之鉴，读书可以使人知人论世，改变认知，提高精神境界。宋代大学者朱熹写有《观书有感》一诗，其一就描绘了读书给他带来的那种精神澄澈如镜的境界：“半亩方塘一鉴开，天光云影共徘徊。问渠哪得清如许？为有源头活水来。”形象地表达了读书使人思想清澄明澈、心胸如镜、生命常青的作用。诗文幽微，涵盖无穷，意境高妙。熟读吟咏之，可令人渐浸染，形象思维大增，自然灵气不思而至。朗朗诵之，可振荡血气，舌底回甘，益智柔情。

宣泄说

文学作品可以排解个体的郁闷和怨恨，慰藉与补偿失落感。司马迁在《史记·自序》和《报任少卿书》中历数从《周易》到《诗》等大作多出自落难受贬失意者之手，认为“大抵圣贤发愤之所为作也”。“此人皆意有所郁托诗以怨。至于楚臣去境，汉妾辞宫……或士有解佩出朝，一去忘反，女有扬蛾入宠，再盼

① ［德］黑格尔著，朱光潜译：《美学》（第一卷），北京：商务印书馆 1997 年版，第 60～61 页。

倾国。凡斯种种，感叹心灵，非陈诗何以展其义？非长歌何以骋其情？故曰：‘诗可以群，可以怨。’使穷贱易安，幽居靡闷，莫尚于诗矣！”韩愈亦回顾总结庄周、司马迁、司马相如等大作家创作的历程，云：“大凡物不得其平则鸣。……人之于言也亦然，有不得已者而后言，其歌也有思，其哭也有怀。凡出乎口而为声者，其皆有弗平者乎。”（《送孟东野序》）诗与书均是不平则鸣的例证。

黄庭坚有诗云：“与世浮沉唯酒可，随人忧乐以诗鸣。”（《山谷内集》）明代文人李渔自言：“予生忧患之中，处落魄之境，自幼至长，自长至老，总无一刻舒眉。惟制曲填词之顷，非但郁借以舒，愠之为解，且尝僭作两间最乐之人。未有真境之为所欲为，能出幻境纵横之上者。我欲做官，则顷刻之间便臻荣贵。……我欲作人间才子，即为杜甫、李白之后身。我欲娶绝代佳人，即作王嫱、西施之原配。”（《闲情偶寄》卷二）可见，文学创作不仅宣泄了作者的压抑和焦虑，而且是对现实痛苦生活的一种补偿。

刘勰有“蚌病成珠”之说，西方亦有“诗是一种分泌”的说法。不管是如松脂的自然分泌，还是像牡蛎痛苦所结的珍珠，都形象地比喻了文学作品是文人内心痛苦的流露。“诗以穷而后工”，作诗如此，读诗亦是如此，只有阅读者与作者具有共情时，才会有销魂断肠、打动心灵的效力。

诗文小说有诙谐之趣、闲适之趣，故读书可以舒郁解愠，导闲舒适之怀。古人曰：“书者，舒也。”《毛诗序》中说：“诗者，志之所之也，在心为志，发言为诗。情动于中而形于言，言之不足故嗟叹之，嗟叹之不足故永歌之，永歌之不足，不知手之舞之足之蹈之也。”“诗言志，歌永言。”“诗者，持也，持人性情。”“言以散郁陶。”文学作品是一种引发欣赏者的情感共鸣的触发剂或媒介。吟诗朗诵是一种心身俱调的最佳“有氧运动”，即所谓气从意畅，神与境合。明代哲人王守仁就很有体验，他说：“凡歌诗，须要整容定气，清朗其声音，均审其节调，毋躁而急，毋荡而嚣，毋馁而慑。久则精神宣畅，心气和平矣。”吟诗读文可以调节心情，创作亦如此。

词曲诗歌动荡人心，小说更可撩人心境。清代毛宗岗读《三国演义》后很有感慨地说：“读书之乐，不大惊则不大喜，不大疑则不大快，不大急则不大慰。”可见精彩的小说对人情绪的调动作用。清代文人认为，小说是独一无二的娱乐工具，“一榻之上，一灯之下，茶具前陈，杯酒未罄”，小说便将天地间的众多的人物与事件呈现在你面前，小说可谓是“取之不匮，用之不穷”的娱乐资源。小说之为人所乐，遂可与饮食、男女鼎足而三。（《晚清文学丛钞·小说戏曲研究卷》）

对于作家来说，写作首先就是通过宣泄来解脱自己，许多作家的自传或作品的前言后记都可为此提供明证。鲁迅在《呐喊》自序中就回顾过自己孤军奋战时的寂寞和痛苦，他曾经用过种种方法来麻醉自己的灵魂，但后来在朋友的启发下终于找到了一种适合自己宣泄的方法，写下了最初的一篇小说《狂人日记》，以后便一发不可收拾。郭沫若（1892—1978）也说：“我借文学来鸣我的存在，在文学之中更借了诗歌的这只芦笛。”“我回顾我所走过了的半生行程，都是一任我自己的冲动在那里奔驰；我便作起诗来，也任我一己的冲动在那里跳跃。”“文艺本是苦闷的象征，无论是反射的或创造的，都是血与泪的文学。……个人的苦闷，社会的苦闷，全人类的苦闷，都是血泪的源泉。……无论表现个人也好，描写社会也好，替全人类代白也好，主要的眼泪，总是在苦闷的重围中，由灵魂深处流泻出来的悲哀，然后才能震撼读者的魂魄。”（《论国内的评坛及我对于创作上的态度》，1922 年 8 月 4 日《时事新报·学灯》）

女作家丁玲（1904—1986）的文学生涯也是这样开始的。她说：“我那时为什么去写小说，我以为是因为寂寞，对社会的不满，自己生活的无出路，有许多话须要说出来，却找不到人听，很想做些事，又找不到机会，于是为了方便，便提起了笔，要代替自己来给这社会一个分析，因为那时我是一个很会发牢骚的人，所以《在黑暗中》不觉也染上了一层感伤。”（《我的创作生活》1933 年）

作家叶紫（1901—1939）也描述过自己爱好文学的心路历程：“那仅仅只是短短的三四年工夫，便使我对于文学发生了非常浓厚的兴趣。一方面呢，我是欲找寻着安慰；我不惜用心用意去读，用心用意去想，去理会！我像要想从这里面找出一些什么东西出来，这东西，是要能够弥补我的过去的破碎的灵魂的，一方面呢，那是郁积在我心中的千万层，千万层隐痛的因子，像爆裂了的火山似的，紧紧地把我的心灵压迫着，包围着，燃烧着，使我差些儿都透不过气来……于是，我没办法，一边读，一边勉强地提起笔来也学着想写一些东西。这东西，我深深地知道，是不能算着为艺术的，因为，我既毫无文学的修养，又不知道运用艺术的手法。我只是老老实实地想把我浑身的创痛和所见到的人类的不平，逐一地描画出来，想把我内心中的郁积统统发泄得干干净净。”（1936 年《我与文学》）

第二信号说

这种观点认为，由于一切现实都必须凭借知觉和观念才能到达人的大脑，除此之外就无法浸润和影响人的情感和意志。要么是通过外在现实直接作用于人的感知觉，要么是通过表现这种现实内容的图画、符号和观念来作用于人。当然后者必须经过一个现实与符号相联系的学习过程，才能引起相应的反应。

文学是用语言文字来描述世界的，如果没有语言文字，就没有文学的文本世界，进而就没有我们阅读文学作品时的感动与伤感等心灵体验。从这种意义上说，没有语言这种表达世界信息的信号（即第二信号）就没有我们对世界的认识，前人的情感世界就不可能间接地影响远隔了几个世纪的后人，一个人的体验就不可能跨越大洋高山感动另一个世界的人们。老子曰：“有名，万物之母。”盖奥尔格说：“语词破碎处，万物不复存在。”这说明语言负荷了引发人认识世界的信息，是一种从古至今的认识经验。

18、19 世纪的思想家威廉·冯·洪堡特认为，人的感知和行为受制于他自己的表象，而语言始终参与了表象的转化，没有语言就不会有任何概念，就不可能有真正意义的思维。因此，语言是构成思想的器官，人是按照语言的引导在生活。而好的文学作品正是给我们提供了一个精神所渴求的表象世界和高尚的生活方式的感性图景。

19 世纪生理学家巴甫洛夫用动物实验证明了语言之所以可以引发条件反射，是因为语言是现实刺激物的一种信号的信号。文学作品为什么能引发读者身临其境的感觉，引发读者的情绪反应，甚至是内脏的生理反应，就在于它是一种读者曾经感受过的刺激的替代物。

在认识论意义上，海德格尔说：“唯当表示物的词语已被发现之际，物才是一物。”我们是否也可以这样说：“唯有当文学家将人的某种心灵状况刻画出来时，这种个人内心世界的瞬息万变的精神状态才成为一种文本世界的存在，一种众多读者才可能知道的东西。”人的情感世界只有依赖文学才得以揭示、记录和保留。从人的敏锐性来说，文学家是社会情感气候变化的晴雨表。我们在社会和人的情感世界中所看到和表达的东西在某种程度上正是文学家发现的东西。毛泽东曾经指出：“人类的社会生活虽是文学艺术的唯一源泉……虽然两者都是美，但是文艺作品中反映出来的生活却可以而且应该比普通的实际生活更高，更强烈，更有集中性，更典型，更理想，因此就更带普遍性。”（《在延安文艺座谈会上的讲话》）因此，阅读文学作品是一种间接增加社会实践的途径，是一种虚拟的社会心理训练。

意象说

文学作品将许多人只可意会不可言传的思想、情绪和体验表达为通俗可感的生动意象，从而使主观内在混沌的东西变成人人可观照的一种文本。这正如黑格尔对抒情诗的评价：“情感的盲目驱遣在意识里形成混沌一团，幽暗无光，心灵不可能自拔出来，达到对事物进行观照和表达。诗固然可以把心灵从这种幽静中解放出来，因为诗使心灵这个主体又成为它自己的对象（以心观心）。”① 黑格尔以他哲学家的眼光来看待艺术的功能，他说：“艺术并不是一种单纯的娱乐、效用或游戏的勾当，而是要把精神从有限世界的内容和形式的束缚中解放出来，要使绝对真理显现和寄托于感性现象，总之，要展现真理。”② “诗人因此能深入到精神内容意蕴的深处，把隐藏在那里的东西搜寻出来，带到意识的光辉里。”③ 明代李贽就有过这样的体验：“且夫世之真能文者，比其初皆非有意于问也。其胸中有如许无状可怪之事，其喉间有许欲吐而不敢吐之物，其口头有如许多欲语而莫可以告语之处，蓄极积久，势不能遏。一旦见景生情，触目兴叹，夺他人酒杯，浇自己之垒块；诉胸中之不平，感数奇于千载。”（李贽《杂说》）

文学创作对于每一个作者来说其心理功能也许并不相同。如

---

① ［德］黑格尔著，朱光潜译：《美学》，北京：商务印书馆1994年版，第188页。

② ［德］黑格尔著，朱光潜译：《美学》，北京：商务印书馆1994年版，第335、52页。

③ ［美］罗洛·梅著，冯川译：《爱与意志》，北京：国际文化出版公司1987年版，第10页。

曹禺就是这样解剖戏剧《雷雨》的："在《雷雨》里，宇宙正像一口残酷的井，落在里面，怎样呼号也难逃脱这黑暗的坑。自一面看，《雷雨》是一种情感的憧憬，一种无名的恐惧的表征。……所以《雷雨》的降生是一种心情在作祟，一种情感的发酵，说它为宇宙一种隐秘的理解乃是狂妄的夸张，但以它代表个人一时性情上的趋止。对于那些'不可理解的'莫名的爱好，在我个人短短的生命中是显明地划成一道阶段。""情感上《雷雨》所象征的对于我是一种神秘的吸引，一种抓牢我心灵的魔：《雷雨》所显示的，并不是因果，并不是报应，而是我所觉得的天地间的'残忍'。"（《雷雨》序）

情欲把心灵困住，使它哑口无言，文学则可以通过比喻把痛苦和哀伤表现为艺术的意象，拿自己和其他事物进行比较，从而在异己的对象里观照自己，认识自己，破除情欲的约束力，使自我从困境中解脱出来。

从某种意义上来看，艺术家和神经症患者对人内心世界的体验都具有同样敏感的能力，但是取向与方式不同，这正如美国存在主义心理学家罗洛·梅分析的那样："艺术家和神经症患者都经验到并且表达出他们的社会意识和下意识深处的情形，不过艺术家是以积极的方式，并将他自己的体验传达给他的同胞。神经症患者则以消极的方式，虽然也同样体验到隐藏在文化下面的意义和矛盾，却不能为他自己和他的同胞，把他的经验组成可以传达的意义。"换而言之，文学艺术家们运用创作克服了精神危机与困扰，而神经症患者却苦于找不到出路。正因为此，文学作品可以成为神经症患者倾吐心声的代言人和观照灵魂的镜子。

互渗说

黑格尔认为，在人类历史上有一个泛神主义（pantheism）的阶段，诗人要在一切事物中见出神性，并同时体会到神性内在于自己，通过舍弃自我，意识便得以伸展得更广阔，通过摆脱尘世有限的事物，而获得完全的自由，结果就达到了自己消融在一切高尚优美事物中的福慧境界。

在不少中国诗人那里，作诗如参禅，诗境如禅境，个人的内心世界与宇宙万物和谐地在诗境里融通，以至物我两忘，获得精神重负的解脱和自由后的无比愉悦。袁枚有诗："鸟啼花落，皆与神通。人不能悟，付之飘风。惟我诗人，众扶妙智。但见性情，不著文字。宣尼偶过，童歌沧浪。闻之欣然，示我周行。"（《序诗品·神悟》）苏轼有诗："溪声尽是广长舌，山色无非清净声。应是四万八千偈，明日如何举示人。"（《庐山诗偈》）诗人从溪声、山色看到法身和佛性，佛法何须再人言明示？"得句如得仙，悟笔如悟禅。"（李之仪）诗人正是在作诗过程中得到精神境界的提升。如常建有诗："山光悦鸟性，潭影空人心。"王安石有诗："芳草知谁种？缘阶已数丛。无心与时竞，何苦绿葱葱。"这些都表达了诗人从自然山水中发现的禅悦。

作为读者，在欣赏这些意境幽深、渗透禅理禅趣的诗歌时亦能身受启迪和感染，而且诗这种言说方式尤其具有"含不尽之意，见于言外"、"亦在妙悟"的特点。如胡应麟说："太白五言绝，自是天仙口语。……读之身世两忘，万念俱寂，不谓声律之中，有些妙诠。"

游戏说

著名德国艺术史家格罗塞（Ernst Grosse，1862—1927）在《艺术的起源》（1894 年）一书中最早将游戏与艺术相比较，他生动地用直线来表示实际活动，用曲线来表示游戏，用圆圈来表示艺术，认为艺术的审美活动本身就是一种目的，与常被我们当做手段的那种实际活动相反；而游戏则是处于实际活动和审美活动之间的过渡形式，它既像艺术一样本身就含有愉悦的情感因素，而又常常追求某种外在的目的。直接从活动过程或者从活动的结果中得到快乐正是艺术活动的特性。①

弗洛伊德从词源学上考证，认为在德语中，语言保留了孩子们做的游戏（spied）和诗歌（戏剧）创作之间具有的某种同源的关系。换句话说，作家的工作与孩子游戏时的行为在本质上是一样的，都是既与现实世界里的事物相联系，又富有想象力的创作。lustspiel（喜剧）和 trauerspied（悲剧）字面上可以叫做“快乐游戏”和“伤感游戏”，而 schauspiel（演员）可以被称为“做游戏的人”。我们每一个人都有童年时做游戏的体验和记忆，在游戏中孩子用自己喜爱的方式重新组合他所感知的那个世界的事物。他们总是做“已经长大”的游戏，在游戏中他们认真地模仿成年人的生活方式，喜欢把想象中的物体和情境与生活中有形的、看得见的事物联系起来。但无论如何，儿童还是能将游戏世界与生活世界相区别开来的，因此，儿童的游戏与幻想不同。

当人长大之后便停止了游戏，代替游戏获得快乐的是幻想，即白日梦（daydreaming）。当然“只有那些愿望难以满足的人才去幻想，幻想的动力是尚未满足的愿望，每一个幻想都是一个愿望的满足，都是对令人不满足的现实的补偿”②。虽然充当幻想动力的愿望因幻想者的性别、性格和环境的不同而各异，但基本上可以分为两大类，即野心的愿望和性的愿望。前者愿望可以提高幻想者的人格，后者可以发泄性的不满足感。成人通过幻想实现自己的愿望与儿童通过游戏中的角色扮演实现愿望所不同的是：成年人基于社会角色扮演的需要，也可能由于愿望的幼稚、荒唐或违背伦理等原因而羞于向别人表露自己的幻想。于是，人

① ［德］格罗塞著，蔡慕晖等译：《艺术的起源》，北京：商务印书馆 1984 年版，第 38 页。

② ［奥］弗洛伊德：《诗人与白日梦》，车文博主编：《弗洛伊德文集》（第四集），长春：长春出版社 1998 年版，第 429、433 页。

便有一种寻求替代幻想而又可为社会接受的方式的需要，而文学，不论是创作，还是欣赏，恰好是这样一种方便的手段，为幻想的实现提供了一次假想的模拟。

弗洛伊德认为，对于那些由自己选择题材创作的小说，都无一例外地有一个主角，作家用尽一切可能的表现手法来使该主角赢得读者的同情。小说常常是让读者跟随主角安全地走过他那危险的历程。几乎每部小说中都折射出“唯我独尊的自我”的事实，这表明作家与白日梦者具有本质的同一性：“一篇具有创见性的作品像一场白日梦一样，是童年时代曾经做过的游戏的继续，也是这类游戏的替代品。”① 详细地说就是，“现时的一个强烈经验唤起作家对早年某个经历（通常是童年时代）的记忆，在此记忆中又产生一个在作品中可以得到满足的愿望。其作品本身能够显示出近期的诱发事件和旧时的记忆这些因素”。通常，作家会把自己的心理生活中相冲突的几个倾向在几个主角上体现出来。

文学作品为什么能给人带来快乐呢？弗洛伊德认为，当作者向读者提供他个人的白日梦的故事时，读者就可以感受到极大的快乐。② “我们对一部富有想象力的作品的欣赏实际来自我们精神上紧张状况的消除。甚至有可能是，这种效果有相当一部分归因于作家能够使我们享受到自己的白日梦而又不必去自责或害羞。”③ 既然文学作品相当于儿童的游戏，那么一个成年人“如果把今天显然是严肃的工作当成童年时代的游戏，他便可以抛却

① ［奥］弗洛伊德：《诗人与白日梦》，车文博主编：《弗洛伊德文集》（第四集），长春：长春出版社 1998 年版，第 429、433 页。

② ［奥］弗洛伊德《诗人与白日梦》，车文博主编《弗洛伊德文集》（第四卷），长春：长春出版社 1998 年版，第 235 页。

③ ［奥］弗洛伊德：《诗人与白日梦》，车文博主编：《弗洛伊德文集》（第四卷），长春：长春出版社 1998 年版，第 235 页。

现实生活强加的过于沉重的负担，从而通过幽默的方式得到大量的快乐”。以上便是弗洛伊德在《诗人与白日梦》（1908 年）一文中得到的结论。

无意识投射说

如果说内丹术是通过意象隐喻，精神分析是通过自由联想引出被压抑的潜意识的话，那么，文学创作则是无意识在作品中的投射，而欣赏文学作品则是在一个似真似假、似实似幻的世界中满足了人的潜意识的某种心理需要，从而达到心理治疗效果的。弗洛伊德在《陀思妥耶夫斯基与弑父者》（1928 年）一文中认为，陀思妥耶夫斯基的小说《卡拉马佐夫兄弟》是俄狄浦斯情结（或称恋母情结）的弑父动机和赎罪欲在文学上的再现，也是陀思妥耶夫斯基本人的癫痫症和神经症发作在作品上的投射。弗洛伊德认为，弑父是整个人类的，也是个人的基本的原始罪恶倾向，在任何情况下它都是罪疚感的主要源泉。陀思妥耶夫斯基癫痫症的发作正是对希望他可恨的父亲死去所做的自我惩罚。文学史上的三部杰作：索福克勒斯的《俄狄浦斯王》、莎士比亚的《哈姆雷特》和陀思妥耶夫斯基的《卡拉马佐夫兄弟》都涉及了同一个弑父主题绝非巧合，这说明人类从未摆脱过由弑父意图而产生的罪恶感。

一些文学作品不仅描述了患者（其实可能就是作者本人，因为好像患者的内心是透明的，关于故事中的描述非常忠实于现实）的幻想，而且记叙了被治愈的过程，可以称为精神病案研究的自述。弗洛伊德在 1907 年读了出版于 1903 年的威廉·詹森（Wilhelm Jensen）写的短篇小说《格拉迪沃》中关于“庞贝的幻想”之后就无不感叹地说：“《格拉迪沃》的作者的创作依据竟然是我最近在医疗实践中发现的东西，我真有点吃惊了。”他说，称作者的作品为一精神病学研究，实在算不得是对作者的恭维。自古以来，凡真有创造性的作家就是科学的先驱，同时也是科学心理学的先驱。[①] 由于正常心理与病态心理之间的界限既是确定的，又是不确定的。我们每个人在一天之中或许会多次跨越这个界限，而文学作品恰好是帮助我们理解这种复杂的精神世界的途径之一。于是，创造性的作家不能回避精神病学家，精神病学家也离不开创造性的作家。对精神病学的题材进行文学处理，实践证明是正确的，绝不损害它的美。

这个故事描述了一位年轻的考古学家诺伯特·汉诺德在一家文物博物馆里发现了一件浮雕，表现的是一位姑娘正在迈步前行，他深深地被这件浮雕所吸引。他将自己所学的考古知识，一点一点地运用到对这件浮雕的原型的想象中去，并编造了一个关于她的美丽的故事。他在经历了一场奇特的焦虑梦（anxiety - dream）之后，对这位他称之为“格拉迪沃”的浮雕姑娘的生死想象演变为一种病态的幻想，以致他出现反常的行为。最后他在童年时的恋人佐伊·伯特冈的帮助下终于从梦游中走出来，幻想被美丽的现实满足所取代。故事的结局很具有戏剧性，原来，主人翁的幻想源自他与佐伊·伯特冈被压抑了的童年友谊的记忆，在幻想中，他童年的伙伴变成了从废墟中挖掘出来的文物。由此可见，精神病人的幻觉或作品中的形象均借助象征投射出被压抑着的童年记忆。这个故事告诉我们，当人的精神处于压抑状况时，它对被压抑的某种感觉的任何方式的接触都会十分敏感，仅凭少许相似性的诱导，被压抑的东西就可能释放。正因为如此，我们可以合理地推定：当读者在文学作品中哪怕是感受到一点点与自己的经历、挫折、情感、信念、态度、价值观和人生观等相似的东西，就可能激活他被压抑或久违的东西，从而使扭曲的心

---

① ［奥］弗洛伊德：《詹森的〈格拉迪沃〉中的幻觉与梦》，车文博主编：《弗洛伊德文集》（第四卷），长春：长春出版社 1998 年版，第 386 ~ 391 页。

灵得到纠正和净化。从这种意义上说，文学作品就好比是一种复苏被压抑意识的催化剂。

模仿说

亚里士多德认为艺术的目的就在于模仿，由于模仿得逼真而获得一种理智和情感上的快感。格罗塞通过人类学的考察，认为原始民族沉溺于模拟舞，在儿童中也可以看到这种同样的模仿欲望，模仿的冲动实际是人类一种普遍的特性。他认为，能给予快感的最高价值的，无疑是那些代表人类感情作用的模拟舞蹈，例如战争舞蹈和爱情舞蹈，在活泼的律动和满足模拟的欲望中，还有一种从舞蹈里流露出来的热烈的感情来洗涤和排解心神，这种katharsis（陶冶、净化、宣泄）就是亚里士多德所谓的悲剧的最大效果。

然而，黑格尔完全不赞同这一观点，他认为，如果说艺术是模仿的话，那么这是一种多余的复制，是生活的冒充。靠单纯的模仿，艺术不能和自然竞争，它和自然竞争就像一只小虫爬着去追大象。由模仿所生的快乐总是有限的，对于人这种高级动物来说，快乐与其创造的程度成正比。①

从心理治疗的角度来看，阅读文学作品时故事中的人物对阅读者来说是具有示范效应的，阅读者与书中人物在经历、性格、性别、气质、兴趣、价值观、人生观等方面越是相似，其示范性就越强，被模仿的可能性就越大。

文学心理学（psychology of literature）的研究表明，作家的人格类型与其作品的风格具有密切的关系，进而对阅读者的影响力不同，即不同的读者喜欢不同的作品，对同样的作品将产生程

① ［德］黑格尔著，朱光潜译：《美学》（第一卷），北京：商务印书馆1997年版，第52～56页。

度不一的反应。哲学家尼采认为，面对自然界，每一个艺术家都是“模仿者”，但具有“日神精神”的一些人更乐于沉浸在由美的幻觉所提供的内在快乐中，而具有“酒神精神”的人则更迷恋情绪放纵、浑然忘我的境界。此外，不少精神病学家和心理学家，如克莱施马尔、雅斯贝尔斯也对艺术家们的人格进行过分类分析。简而言之，作家们都在作品中注入了自己人格的力量，但一些人在创造作品时也使自己获得了成长，而另一些人却毁灭了自己。一些作品引起读者对生存的疑问，使精神分裂加剧，以致更加颓废和沮丧；而另一些作品则使人升华，帮助其超越现实中无法克服的挫折和困难。一些作品引发激烈的外向性情感反应或社会化；而另一些作品却使人更为理性、内倾或我向性。从某种意义上说，一个读者之所以喜爱那部文学作品就因为该作品作者的人格与读者相似，一部文学作品之所以能打动一个读者就因为该作品映照出了读者的人格，一部作品之所以能对一个读者产生影响是因为他的确在实际生活中模仿作者的人格。

激发激情说

一些人认为，“艺术的目的在于唤醒各种本来睡着的情绪、愿望和情欲，使它们再活跃起来，把心填满；使一切有教养和无教养的人都能深切感受到凡是人在内心最深处和最隐秘处所能体验和创造的东西，凡是可以感动和激发人心的最深处无数潜在力量的东西，凡是心灵中可以满足情感观照的那些重要的高尚的思想和观念……使人深刻地认识到邪恶、罪过以及快乐幸福的内在本质；最后还要使想象在制造形象的悠闲自得的游戏中来去自如，在赏心悦目的观照和情绪中尽情欢乐”。按照上述观点，艺术不过是引导重新发现人性的工具。

黑格尔认为，“艺术拿来感动心灵的东西可好可坏，既可以强化心灵，把人引到最高尚的方向，也可以弱化心灵，把人引到最淫荡最自私的情欲”。[1] 这种艺术观必然使艺术所激发的情感和观念经常性地彼此交叉，相互矛盾，乃至相互抵消，把人弄得如痴如醉，晕头转向。

大文豪高尔基说：“文学的目的就是要帮助人了解他自己，就是要提高人的信心，激发他追求真理的要求，就是要和人们中间的鄙俗作斗争，并善于在人们中间找到好的东西；就是在人们心中唤起羞耻、愤怒和英勇，并想尽办法使人变得高尚有力，使他们能够以神圣的美感的精神来鼓舞自己的生活。”（《高尔基选集》）高尔基是这样说的，也是这样做的，他的作品曾经是鼓舞一代人革命的最强大的力量。列宁曾高度评价高尔基的小说《母亲》帮助了许多自发参加革命的工人觉悟到自己的阶级利益，加速了从“自在阶级”向“自为阶级”的转化过程。

人本主义心理学（humanistic psychology）认为，人是一种成长中的存在，只要提供适当的成长和自我实现的环境和机会，人的本性便是善良的，至少是中性的，恶则是由环境影响造成的。人的最佳状况是前摄的、自主的、有选择倾向的和易变的。人具有充分展现和实现个人潜能（或个体差异），使自己趋于完美的本性。因此，从这种观点来看，文学治疗的任务就在于激发或挖掘出个体与生俱来的成长动力。

---

① ［德］黑格尔著，朱光潜译：《美学》（第一卷），北京：商务印书馆，第57～59页。

不同文学体裁的心理效应

语言之于心灵犹如药物之于身体；不同的话语可以产生不同的效果：有的使人悲哀，有的给人愉悦，有的使人害怕，有的促人勇敢，有的像魔术一样使人着迷。

——亚里士多德[①]

在人类学家看来，语言等人类文化是人类替代生物器官不足、适应环境的一种“体外器官”。神话、童话、寓言、诗歌、小说等文学形式在人类历史上各有自己的起源和表达精神世界的不同功能。从心理治疗的角度来看，不同的文学体裁各有其独特的治疗功效。现分述如下。

神话传说

人类学家认为，神话是人原始心理的表现，发生在远古时代，其后在民众中一代一代流传下来，它总是叙述关于远古宇宙间各种事物的起因、性质与来源的故事，而且故事中无论是神灵还是动植物，其心理和行为都是具有人性的（即人格化），神话

---

① ［古希腊］亚里士多德著，陈中梅译：《诗学》，北京：商务印书馆 1999 年版，第 203 页。

所反映的伦理或理性常常与现代人所具有的有所不同。[①]

神话就内容而言，大多涉及自然事物的来源、变迁，反常的自然现象，宇宙的起源，人类与动物的起源，人死后世界的解释，英雄、家族和民族的奇迹，社会制度和物质文明，历史事件等。这说明神话的创作是远古人开始发问并试图作出解释的理智萌芽，神话在远古时代的作用可能是替人们的各种信仰作出解释，并满足人类求知的愿望。即使在现代科学比较发达，达尔文学说已为人们普遍接受的今天，西方仍有不少人希望保留创世纪的神话。

著名的神话学家 Joseph Campbell 说："神话是众人的梦，是沟通意识和无意识的桥梁……它是一种和梦相似的象征符号，激发并支配人类的心理力量。"与仪式的行动象征相比，神话是表达一个民族隐藏在集体无意识层面的理想与愿望的语言象征。弗洛伊德也认为，"诸如神话故事这类传说是所有民族充满愿望的幻想，也是人类年轻时期的尚未宗教化的梦幻歪曲后的残迹"[②]。

人类学家对萨满教[③]的治疗方法进行了观察，发现萨满在完全不接触病人身体，不使用任何药物的情况下，主要靠"巫歌"、"咒语"来诱发病人的某种体验，进而与他们的无意识状况建立联系，引出萨满所希望出现的生理改变。如在南美印第安土著库纳人某部落发现的一首萨满教长篇咒语，是专门在妇女分娩难产时使用的，据说它可以使难产变为顺产。人类学家对这篇咒语进行研读，发现咒文所描述神话中的"嫫巫之路"及其神的住所，其实在当地土著的心目中正是孕妇的阴道和子宫的象征

① 林惠祥：《文化人类学》，北京：商务印书馆1996年版，第268页。

② ［奥］弗洛伊德：《作家和白日梦》，车文博主编：《弗洛伊德文集》（第四集），长春：长春出版社1998年版，第434页。

③ 萨满（saman），或称僧侣（priest），或称医巫（medicine man），古代称为巫觋（wizard & witch）。

性说法。咒语通过细致、生动而又重复的话语方式对“病痛人格化”的描述，诱发病妇在心理上重新体验原来病程的细枝末节，使其完成由现实世界向神话世界、生理领域向心理领域、外部世界向内部世界的转换。随着巫歌咒语的进展，这种神话主题和生理主题之间的交替速度越来越快，好像是要混淆于病妇意识中，以至消除这两种主题之间的区别，进而引发病妇心身状况的调整。人类学家认为，巫歌咒语是通过精神作用于患病器官的一种纯心理学的治疗方法。① 这种方法与精神分析方法是殊途同归的，它通过提供一种隐喻的话语方式，使原来处于无意识状况的混乱和难以言传的冲突，按一定的次序并在一个层面上具体化，经一特定的体验过程进入意识之中，从而使冲突得到解决，同时也可能使生理过程朝有利的方向重新组合和调整。不过，两者的区别是：精神分析中，患者对着洗耳恭听的医生说话，而萨满教则是由萨满代替缄默的病人说话。萨满治疗者为病妇提供了一种象征性的社会神话，而病妇则完成隐喻的动作，即神话通过详细地描写变化而目的在于引出子宫和阴道相应的生理反应。通过对萨满治疗法与精神分析的比较，列维－斯特劳斯（Claude Lévi-Straus，1908—2009）认为，两者是同构的，“不论哪种方法，都是通过加强诱发病人体验一个神话（病人听到的或是自己创造的）刺激机体发生转化。机体转化实质上是一种结构上的重新组合”。从语言人类学的角度来看，“前意识是个人的词典，我们每个人都在其中积累个人经历的词汇，但是这种词汇对于我们和其他人来说，其重要性仅仅在于，无意识状况是按照自己的规律组织词汇，从而将这些词汇转化为语言”②。

---

① ［法］克劳德·列维—斯特劳斯著，陆晓禾等译：《结构人类学——巫术·宗教·艺术·神话》，北京：文化艺术出版社，1989 年版，第 38 ~41 页。

② ［法］克劳德·列维—斯特劳斯著，陆晓禾等译：《结构人类学——巫术·宗教·艺术·神话》，北京：文化艺术出版社，1989 年版，第 38 ~41 页。

列维－斯特劳斯认为，“虽然在工业化的文明社会中，已经再也没有虚构神话的可能了，只有人的内心世界例外”。所以从精神分析的角度来看，由于人的前意识和潜意识中还埋藏着许多人类远古的记忆，神话传说题材的文学作品还是有心理治疗意义和价值的。

传说是指民间长期流传下来的对过去事情的记叙和评价。有些传说以特定的历史事件为基础，有些则纯属幻想的产物。从社会化的意义来说，传说故事是人类发明用来塑造行为的最有效的技术之一，而且故事的人和事距离现代越远，对听众的威胁就越小，即听者不会在故事中经验到个人的罪恶感或害怕受连累，故事就越受听众喜欢，而借由故事传达的信息和原则仍可以传递给听众。

诗　歌

口语有节奏地重复就是诗的原型。古籍《尚书》说：“歌永言。”《礼记》上也说：“言之不足故长言之，长言之不足故永叹之。”人类学家则认为：“凡诗歌都发自感情归于感情，它的起源和影响的神秘便在于此。”“最切近于人类的诗材莫如感情，故抒情诗是最自然的诗歌。最切近于人类的表示法莫如语言，故抒情诗也是最自然的艺术。以口语发泄感情只需用有效的审美形式，例如按节奏的重复便可。”[①] 因此，诗歌最原始的功能就是宣泄诗人自己郁积的苦乐而获得快感。所谓“诗言志”，说明诗也用来表白自己的志向。之所以说诗歌具有社会心理或群体心理作用，正是由于它具有治疗作用。因为诗歌虽然多表现诗人自己的感情，但它也能引发同类感情上的共鸣，使之在精神上结合为

① 林惠祥：《文化人类学》，北京：商务印书馆 1991 年版，第 38 页。

一。此外，诗人在诗歌中反映出来的崇高品质也能潜移默化地影响阅读者的精神境界。

中国圣贤孔子特别推崇诗歌对人精神的影响：“《诗》可以兴（即可以培养想象力），可以观（即提高观察力），可以群（即培养集体感），可以怨（即排遣郁闷）。迩之事父（浅近的道理可以侍奉父母），远之事君（深远的道理可以侍奉君主）。”（《论语·阳货》）作诗与道德和情感的修养是一致的，以《关雎》这首诗为例，孔子说“乐而不淫，哀而不伤”（《论语·八佾》），即符合中庸之道。

德国哲学家康德（Immanuel Kant，1724—1804）对语言艺术——诗情有独钟，认为在美的（语言）艺术中，诗之所以赢得的评价比为了同一个目标的雄辩术，甚至比其他所有艺术更高，是因为诗同时又是可以歌唱的音乐，是一种本身即可以使人感到快乐的声音。而音乐仅仅是作为诗的载体才成为美的艺术，手拿画笔的画家则是模仿，只有“观念画家”（即诗人）才是美的艺术大师。“一首好诗是给心灵灌注生气的最深入人心的手段。”诗是通过思想的无拘无束的游戏来排忧解闷的一种自由的艺术。① 诗歌为什么能打动人心？格罗塞认为因为“一切诗歌都从感情出发也诉之于感情，其创造与感应的神秘，也就在于此”。“诗歌是郁积着的感情的慰藉物，无论用最低级的形式或者用最高的形式，本质上相同的，就是对于歌者的一种发泄和慰藉。”②黑格尔认为，“诗不仅使心灵从情感中解放出来，而且就在情感

---

① ［德］康德著，邓晓芝译：《实用人类学》，重庆：重庆出版社 1987 年版，第 147 页。

② ［德］格罗塞著，蔡慕晖译：《艺术的起源》，北京：商务印书馆 1998 年版，第 175 页。

本身里获得解放”。[1] 中国古人说：“诗言志，歌永言。”“诗者，持也，持人性情。”“言以散郁陶。”文学作品是一种引发欣赏者的情感共鸣的触发剂或媒介。吟诗朗诵是一种心身俱调的最佳“有氧运动”，所谓气从意畅，神与境合。明代哲人王守仁就很有体验，他说：“凡歌诗，须要整容定气，清朗其声音，均审其节调，毋躁而急，毋荡而嚣，毋馁而慑。久则精神宣畅，心气和平矣。吟颂诗歌可以调节心情，创作更亦如此。”

“人作为动物的一类，乃是会唱歌的生物，所不同的是他把曲调同思想联系了起来。诗歌的特点在于它有韵律，韵律表现在于朗读，而人发出的语音本身就具有治疗作用。语音组合具有独特的节律和音乐形式，借助于这种形式，语言把人带入了另一个领域，强化了人对自然中美的印象，同时，抑扬顿挫的节奏对人的内心情绪也能产生影响。“思想可比作一道闪电或一声霹雳，它在爆发的瞬间将全部的想象力集中于一点，排斥所有其余的对象；同样，语音作为一个统一体，也以断续的、明确的形式发出。正如思想控制着整个心灵，语音首先具备一种能够渗透和震撼所有神经的力量。”“发音器官发出的声音恰似有生命体额定呼气，从人的胸中流出，即使在未使用语言的情况下，声音可以传达痛苦、欢乐、厌恶和渴望，这意味着，声音源出于生命，并且也把生命注入了接受声音的感官；就像语言本身一样，语音不仅指称事物，而且复现了事物所引起的感觉，通过不断重复的行为把世界与人统一起来，也就是说把人的独立自主性与被动性联系了起来。”精神总是借助语言，经由嘴唇开辟通向外部的道路，同时这一努力的结果又经由耳朵，返回精神的家园。这正是从作者到读者，从精神到精神的文学治疗过程。

---

① ［德］黑格尔著，朱光潜译：《美学》（第三卷）（下册），北京：商务印书馆1994年版，第188页。

散 文

散文与诗歌有什么区别？黑格尔说："本义词还是隐喻词占优势，这既是古代风格和近代风格的分水岭，也是散文风格和诗风格的分水岭。"散文格式比诗随意，语言明白流畅，最接近老百姓的话语方式，最容易为读者所理解；散文说理比政论轻松自如，读者容易接受其观点的影响；散文如明月清风，比小说清淡悠闲，读者不必精神紧张、情绪起伏不定、为书中人物失眠惋惜；散文寓情于景，融理于事物，夹叙夹议，旁征博引，贯通古今，驰骋中外，题材丰富多彩，既可写风花雪月、山水草木，也可论生活经验、人情世故，极富有启迪性。因此可以说，散文是内容上最通俗易懂、深入浅出的，创作上最省时省力的，题材上最广泛的文学治疗体裁。

小 说

清代梁启超认为，小说影响人的心理具有四种力量：其一曰熏，人读书时不知不觉之间，眼识为之迷漾，脑筋为之摇飏，神经为之营注，今日变一二焉，明日变一二焉，刹那刹那，相断相续，久而久之，小说之境界渐入人之灵台而据之，成为一颗原质之种子。其二曰浸，人读小说往往终卷后数日数旬而终不能释怀，或有余恋余悲，或有余快余怒，此即浸之力也，人与之而渐化也。其三曰刺，所谓刺，言书中之情节、境界入心于一刹那之间，忽起异感而不能自制，即读书使感受者顿觉。其四曰提，读书之时，读者常化其身以入书中之情节，似为书中之主人公，此身已非已有，以此界入彼界，从而觉悟从内而提升自出。当然，任何事物都是利弊的对立统一，如读书之人将上述四者用之于养善，则为福；若用之于恶，则可畏也。

清代学者认为，小说是独一无二的娱乐工具，"一榻之上，一灯之下，茶具前陈，杯酒未罄”，小说便将天地间的众多人物与事件呈现在你面前，小说可谓是“取之不匮，用之不穷”的娱乐资源。“小说之为人所乐，遂可与饮食、男女鼎足而三。”（《小说原理》，见《晚清文学丛钞·小说戏曲研究卷》）清代毛宗岗读《三国演义》后很有感慨地说：“读书之乐，不大惊则不大喜，不大疑则不大快，不大急则不大慰。”可见精彩的小说对人情绪的调动作用。

鲁迅写的小说《狂人日记》中道出了一个认为“人还在吃人”的被害妄想者的恐惧。小说《药》描述了一个以“人血馒头”治疗病孩的悲剧故事，对于那些处于黑暗中并已经麻木不仁的国民来说的确好比一副振聋发聩的良药。俗语道：“良药苦口利于病，忠言逆耳利于行。”可见，文如针药。

戏剧

最常见的戏剧题材是悲剧和喜剧。喜剧大多与讽刺或政评有关，而悲剧则与痛苦的事件或历程有关。从心理治疗的角度来看，喜剧有启迪作用，而悲剧对唤醒麻木的神经更具有震撼性。亚里士多德对悲剧的心理治疗作用情有独钟，他说：“悲剧是对一个严肃、完整、有一定长度的行动的模仿，它的媒介是经过‘装饰’的语言，以不同的形式分别被用于剧的不同部分，它的模仿方式是借助人物的行动而不是叙述，通过引发怜悯和恐惧使这些情感得到疏泄。”“悲剧中的两个最能打动人心的成分都属于情节的部分，即突转和发现。”所谓“突转”是指行动的发展从一个方向转至相反的方向。例如，在弗洛伊德点评的《俄狄浦斯王》一剧里，俄狄浦斯本高兴娶母为妻，但在知道他的身世后引出了相反的结果。所谓“发现”是指从表面上看不知到知的转变。[1] 首先是对人之真实身份的发现，例如，置身顺达之境或败逆之境中的人物认识到对方原来是自己的亲人或仇敌。最佳的发现与突转往往同时发生。由此可见，悲剧心理治疗效果的取得与格式塔（Gestalt）和认知顿悟有关。此外，悲剧的“苦难”成分亦具有唤醒当下痴迷不悟的世俗人的作用。

关于喜剧，黑格尔有过一段评价：“喜剧只限于使本来不值什么的、虚伪的、自相矛盾的现象归于自毁火，例如，把一阵奇怪的念头，一点自私的表现，一种任性使气的态度，拿来与一种热烈的情绪相对照，甚至把一条像是可靠而实在不可靠的原则，或是一句貌似精确而实空洞的格言显现为空洞无物。”[2]

寓言和故事

寓言的特点在于让动物和植物来代替人类行动和说话，这种替换的作用在于使用动物感性的形象来隐喻那些抽象的道德概念，将辛辣的严肃性的主题与戏谑的玩笑结合在一起。黑格尔说，“寓言的巧妙在于把寻常现成的东西表现得具有不能立即察觉的普遍意义”[3]。《伊索寓言》就是一本典型的寓言文集，它不知曾教育过多少不同肤色的人。

讲故事作为一种心理教育的方法在民间已流传了上千年。长辈通过讲述故事让孩子领悟什么是勇敢、聪明、灵活机动和坚忍不拔。故事中的正面人物就是父母提供给孩子的学习榜样，故事中人物的心理品质就是父母希冀孩子具有的心理素质，而故事中

---

① ［古希腊］亚里士多德著，陈中梅译：《诗学》（第6、11章），北京：商务印书馆1999年版。

② ［德］黑格尔著，朱光潜译：《美学》（第一卷），北京：商务印书馆，1994年版，第84页。

③ ［德］黑格尔著，朱光潜译：《美学》（第二卷），北京：商务印书馆，1994年版，第109页。

的失败与悲剧就成了孩子的前车之鉴。故事跌宕起伏、一波三折，正是我们心灵成长历程的写照。故事对于成年人同样具有心理治疗作用，《一千零一夜》中记述了一位叫桑鲁佐德的聪明女子用讲故事的方法治愈了国王苏丹的心理疾病，这就是一个典型。

童话，顾名思义就是讲给小孩子们听的文学故事。听童话故事是许多小孩子接受早期教育的最常见的方式。童话将动物拟人化，将生活中的道理深入浅出地用故事表述出来。父母常爱在孩子睡觉前作为对孩子的奖励而讲述童话，因此，孩子很容易把童话带进梦乡，童话在梦境和生活之间产生了沟通作用，童话人物在儿童那里具有很强的模仿教育作用。

童话中所讲的故事常常蕴含深刻的有利于身心健康的道理，如童话《三只小猪》的故事就说明了遵循心理上的“快乐原则”或“现实原则”所带来的结果是不一样的。两只小猪因贪图一时的玩耍快乐，只花了很少的时间盖了一间简陋的草窝，结果它们成了大灰狼的腹中美食；而另一只勤劳的小猪花了较长的时间盖了一间牢固的石头窝，这不仅使它避免了厄运，而且战胜了大灰狼。

谚语与格言

谚语是社会上流行的固定话语形式，是人们生活经验的结晶；格言则产生于日常生活中的某一个事例，但因它具有一种较普遍的意义而产生影响或具有治疗意义。许多经验表明，不少人一生中就是自觉或不自觉地奉行某些格言行事的。因此，谚语与人生格言可以作为一种浓缩和简洁的文学处方。如“勿以恶小而为之，勿以善小而不为”可以作为品行障碍儿童的纠正处方；“反听之谓聪，内视之谓明，自胜之谓强”一语可以作为提醒当事人自我察觉的处方。

文学治疗的步骤与方法

文学作品只有通过阅读行为才能将它从一个潜在的欣赏对象变成一个进入读者精神世界的对象，才能发挥它陶冶情操、调节认知和平衡心理的治疗作用。下面谈谈文学阅读治疗的一般步骤、治疗方式和注意事项。

文学治疗的步骤

第一个环节：知识准备和认知建立。阅读治疗实施之前应该提高被治疗者对阅读治疗的认识和信心，因为建立信心本身就是提高治疗效果的前提。如果采取团体治疗形式，指导者可运用幻灯片或指导手册，用成功的案例，向参加者介绍阅读治疗的功能、原理等内容。

第二个环节：示范与讨论，分享过去读书的经验，启动对阅读的意义与作用的讨论，明确治疗目标。指导者先向阅读者或团体成员介绍一篇示范性的故事材料（用朗诵或播放磁带的方式），让大家倾听或阅读完后静思片刻，然后开展讨论。讨论的目标是促进团体共识的达成和个人对自我的了解。讨论的内容可以是：谁是故事的主角？他遭遇了什么问题？问题如何演变？这些问题与其他角色之间的关系如何？问题是如何解决的以及在问题的解决过程中主角的感受、情绪、意志、想法和行为方式如何？这个故事使你想起了什么事或人？故事中给人印象最深的是什么事或角色？在阅读或倾听过程中，你有什么感受和想法？假如你是故事中的主角或某人，你将会怎样想和怎样做？

采取一对一或一对多的方式让参加者分别讲述自己曾经读过并且最喜欢或印象最深刻的一本书或一篇文章，尤其要突出表达当事人当时的真切体验，内化对阅读的意义和作用的认识。然后，分析材料与当事人问题之间具有何种关系，鼓励成员讲述自己目前的心理问题或心理需求，并依据成员的心理问题、需求、认知能力与兴趣由指导者或其他有经验的参加成员向当事人推荐合适的作品或书籍。阅读的题材可以是小说、散文、诗歌、杂文、戏剧、寓言和故事、传记等，阅读的材料形式可以是影片、录像、CD、书籍、杂志等。让各成员回家自己阅读材料或以聚会的形式阅读，还可以采用录音磁带、CD、VCD 播放，集体聆听或观看。

个人阅读者实施阅读治疗之前应该仔细阅读本书关于文学治疗的导论和各家学说等部分，以加深对阅读治疗的认识。

第三个环节：在阅读中经历的心理变化。阅读治疗时，读者一般要经过如下心理历程：

（1）认同阶段。阅读者经由有选择性地注意作品中自己喜欢的某角色或词句，并对其人生经历和遭遇、问题、思想、情感和行为产生认同、移情和共鸣，无意触及自己的内心世界，也可能因作品中的某些语句和对话而增进了对过去习以为常或未曾意识到的认知和情感的察觉。

（2）比较与省察。当事人在阅读和欣赏作品时自然会将自己与故事中的人物角色相比较，将自己经历的挫折与别人遇到的困难进行比较，试图回答“为什么”，省察自己的责任和失误，澄清自己迷惘的感觉和情感。

（3）投射阶段。当事人不经意地用自己的经验和知识，解释书中人物的想法、情感和行为，并可能设身处地地尝试为书中的人物提供解决问题的策略，常见的想法就是："假如是我，我会……"

（4）净化阶段。作品中对美好事物或复杂情感或剧烈情节的描述，会引发出当事人相应的思想、情感以及行为的自然反应，形成感同身受的经验，导致情绪和压力的疏解。

（5）领悟阶段。当事人从与作品角色的对照与反思中，不仅明白了自己的认识、态度和情绪问题，而且还发展出问题解决的新方法，获得了面对问题的勇气并勇于实践的力量。

（6）模拟与应用阶段。即当事人将自己的领悟应用到日常生活中去，并通过经验的反馈修改原来不合理的信念、态度和情绪反应的过程。

在第一、二个阶段中读者"入而化其中"，暂时忘却了自我，中断了日常心态，进入角色，与角色同一化。在第三、四个阶段，读者"出而分析玩味"，魂归躯壳，身归现实，理性复兴，反观自我。在第五、六阶段中，读者的心理结构可能因为吸收了新鲜的精神元素和动力而发生自我的重建。

第四个环节：写下与别人交流阅读的心理历程和体会。如果是团体治疗，可采取分次聚会的方法，用抽签的方式决定发言的顺序，让各成员带感情地复述故事和文章（应有足够的时间让其讲述故事的细节），谈谈自己对阅读材料的理解，以及与自己生活的对照和模仿应用的体会。其他成员除给予鼓励和支持之外，也可以进行面质和交流体验。在此阶段中指导者应就作品相关的历史、人物和艺术表现形式等基本的文学知识作一些介绍，正确地诠释作品中的故事与现实生活之异同，启发当事人，使其顿悟。

如果是个人阅读，可以写下自己阅读的心得体会，对照反思自己的人生态度和为人处世的方式，写下重建自己人格的计划。

第五个环节：经验的扩展与应用。阅读者应根据自己的问题和心理需求尽量选择新的阅读材料，并创造性地运用于日常生活之中。团体治疗成员则可以定期在聚会上与别人分享自己的经验；鼓励参与者运用想象，创造性地把故事情节或结局发展下去，鼓励为故事中的人写几段心灵日记。假设写一封信给故事中的某一角色，对故事中的人物和事件作出评价，写出心得报告，创造出与原著完全不同的结局。也可以通过扮演故事中的人物，模拟其情绪和行为反应，体验面对困境及其作出决定后的心路历程等。在此过程中，指导者应根据具体情况，用开放式提问（如用"何时"、"何地"、"如何"、"何人"、"何事"五个W的语句）引导成员对问题进行领悟和深入讨论。

第六个环节：整合与评价。在阅读治疗结束前，当事人应该对自己阅读的体验进行整合。指导者对成员取得的新经验和行为反应给予适当的评价和鼓励是十分重要的。意见和观点的整合与治疗效果的评价可以由当事人自评、团体成员互评、当事人亲友评价、指导者评价等不同的方式进行。

阅读疗法的适应症

根据卡得纳（Cardenas）、西科纳（Schrank）等学者的研究和临床心理治疗的经验，阅读治疗适合于解决以下几个方面的问题。

（1）个人认知问题：生活目标的迷失、空虚感、无意义感、残疾劣等感、自卑者、自高自大者等。

（2）情绪方面的问题：孤独、自闭症、恐惧症、强迫症、抑郁、焦虑等。

（3）意志与行为方面的问题：胆小畏缩、意志薄弱、行为退缩等。

（4）语言方面的问题：失语症、失读症、口吃等。

(5) 人际交往方面的问题：人际沟通不良、人际关系障碍、社会角色适应不良等。

(6) 家庭方面的问题：沟通障碍、家庭矛盾、离婚、丧偶、角色不当等。

(7) 性心理问题：性角色失调、对异性的认识偏差、性神经症、性变态、心因性性功能障碍等。

(8) 社会心理问题：酗酒、吸毒、失业、自杀、因贫困引起的心理问题、婚外情问题等。

(9) 心身性疾病问题：高血压、冠心病、消化性溃疡等。

(10) 人格问题：依赖性人格、癔症性人格、反社会性人格等。

阅读疗法的实施方式

虽然文学心理治疗可以分为阅读心理治疗、创作心理治疗两类，但对于大多数人来说，阅读才是较为可行的方式，因此本书主要讨论阅读疗法。

依据咨询员与当事人的互动关系、参加治疗的人数、治疗的媒介等要素的不同，可将阅读治疗分为下列三组形式：

(1) 个人阅读治疗与团体阅读治疗。

个人阅读治疗是指由当事人基于自觉的动机或经由医生等其他人介绍推荐，自己主动阅读文学作品，并在阅读过程中产生认同、移情、净化、领悟等作用，对自己原有的心理问题产生疗效的方式。这种方式可以再细分为个人完全自主式和心理医生的有限指导式两种。在前一种方式中，当事人可能出于平时爱好阅读的习惯，也可能出于解闷或带着某些疑问去阅读，偶尔读到一本书或一篇文章对自己有很大的触动和影响。选择作品、确定治疗目标到治疗效果的获得这整个过程完全是由当事人自主完成的，没有心理专业人士的指导或其他人的参与。在后一种方式中，当事人可能是在心理医生口头、信函、电话的推荐下开始接受阅读的，但心理医生只给予了作品推荐、阅读结束后的晤谈等非常有限的指导，阅读期间双方没有接触，阅读心理历程主要由当事人自己完成和自我管理。

团体阅读治疗是指由多个当事人组成的治疗小组，通过成员之间的互动作用，加强阅读治疗效果的方式。小组可以是由具有共同兴趣和需求的当事人自愿组成的，也可以是由心理专业人士发起组织的。这种治疗方式的最大好处是借助团体成员之间的相互作用、相互监控、团体讨论，可以增进阅读的乐趣和积极性，催化成员对自己的问题的领悟，对于自我认识偏差、人际关系不良、社会认识偏激等问题的治疗具有事半功倍的效果。

（2）指导性阅读治疗与非指导性阅读治疗。

指导性阅读治疗是指有心理辅导员或心理医生等专业人士对当事人阅读治疗的整个过程给予指导、监控和评价的方式。一般来说，专业人员根据当事人所面临的心理困境和具体背景情况，推荐与选择相应的文学作品给当事人阅读，并对阅读期间发生的心理历程给予必要的导引、影响和干预，阅读结束后给予晤谈和讨论、经验的扩展以及效果的评价等。在这种情况下，对于文学作品所具有的治疗成分，心理医生已经做过较为仔细的分析，并针对当事人的阅读情况给予必要的提示。心理医生也会与当事人一起讨论阅读体验，通过倾听阅读者的体验进一步增进对其心理问题的了解，并对下一步阅读给出建议。

非指导性阅读治疗是由需求者自主完成治疗全过程的方式。从参加的人数上来说，它既可以是一个人自助式的，也可以是团体互助式的，如班集体的读书治疗活动。

（3）说、听、读文学治疗。

根据个体接受文字信息的感觉途径和运用五官的不同，文学治疗可以分为说书、阅读和聆听文学治疗几种方式。说书是许多地方群众喜闻乐见的一种文娱方式，一人在台上说，众人在台下听，说书者和听众都沉浸在文本构造的虚幻世界中；阅读是指借助书籍、视频技术进行文学治疗的方式，当事人既可朗朗出声，也可默默自赏；聆听文学治疗是指借助听别人说书，或听收音机、CD、MP3 等音频技术进行文学治疗的方式。各种治疗方式各有所长：阅读可以更有效地发挥汉字的象形义等原型治疗作用，但眼睛负担过重；聆听接受治疗时可以闭目养神，有利于大脑神经放松，尤其适合于老年人和视力不好、长期从事电脑工作者。

注意事项

（1）应注意不断地设问。如在认同阶段可问："你喜欢书中的某某吗?"在投射阶段可以提问："如果你是……你会……?"在领悟阶段可以提问："……主人公（或作者）当时的心情如何? 如果是你，你会怎样想? 怎样做?"等等。为了防止阅读者囫囵吞枣，指导者应要求参与者将作品复述一遍（复述要具体，避免抽象和笼统）。要注意察觉和回馈参加者讲述故事时的情感和经验，促进当事人更了解自己。指导型阅读治疗的治疗效果与指导者对材料的分析与设计密切相关。一般来说，指导者要依据上面所讲的关于阅读治疗的心路历程，对材料中的治疗成分进行确定，然后对各阶段拟提出的问题进行设计。

（2）注意对象的特殊性。如果阅读治疗的对象是儿童和低文化者，应注意引导其认识文学作品与现实的关系，使其不要沉迷于作品情景的幻想之中，混淆了作品与现实的关系，导致妄想的出现。

（3）因人施治。阅读材料和治疗方式的选择以及治疗单元的设计应依据参与者的具体情况和治疗目的而定。一个治疗单元的阅读材料一般应该由数篇作品构成。

（4）作品的选择。用于心理治疗的阅读材料要认真甄别，防止不良作品带来的医源性疾病，如有些谈论自杀的作品和性爱的作品可能带来模仿效应，对这些问题应注意加以防范。

（5）知行结合。阅读治疗中阅读文学作品不是为了在别人面前卖弄词句学问，而是陶冶情操，改变自己。因此，阅读不在于强记，更应重在采意合心，领悟道理和净化内心世界。阅读不能仅仅只是会心而已，要经验于身，知行结合。

（6）如何投入阅读。从情感的投入角度来看，可将读者分为分享型和旁观型。前者读书如读人生，设身处地，与书中人物同喜同乐；后者读书时始终保持旁观者与审判者的心态，将书中人物与自我分得一清二楚。从接受心理的角度来看，可将读者分为消费型和欣赏型。前者的阅读行为较为随意，体验较为肤浅；后者的欣赏行为较为严肃认真，体验较为深刻。从心理治疗的角度来看，分享型和欣赏型的阅读心理治疗效果较好。

（7）开卷有益与持之以恒。根据治疗目的，阅读治疗可以分为长期阅读的渐进型治疗和为了解决某个临时性的问题而进行的应急治疗两种。前者主要是为了达到重塑人格一类的长远治疗目标，后者则主要是为了调控一些特殊的认知、情绪问题。

大自然疗法

导 读

在心理咨询中不难发现一种非常普遍的现象，几乎所有那些有心理障碍的人都很少有踏青或种植花草或养鱼喂鸟的爱好，而那些精神病患者常有所恨之人，或钟情妄想之人，却从来就没有与大自然中的某物过意不去的，也就是说，诸凡那些与别人搞不好关系的人，往往同时也是远离自然山水多年的人。当我向那些有精神困扰的人提议要多到大自然中去活动活动时，我的病人大多会辩解说："因为我心情不好，所以不想出去活动。"对此，我常解释道："事情也许恰好相反，如果你常去亲近大自然，你就不会有那么多烦恼。"那么，亲近大自然为何会具有心理治疗作用?

首先，人来源于自然，归属于自然，顺其自然既是人类养生，也是养心的金科玉律。与自然的伟大相比，人是多么的藐小。庄子仰观天空就曾发出这样的感叹："渺乎小哉，所以属于人也！謷乎大哉，独成其天。"（《庄子》）人与自然的关系是在漫长的生物进化中形成的，人的躯体，连同他的大脑都属于自然界的产物。因此，古人早就告诫我们：人的行为动静必适应于四时生长收藏之规律，参照阴阳寒暑升降之宜。所谓："阴阳四时者，万物之终始也，死生之本也，逆之则灾害生，从之则苛疾不起，是谓得道。”（《黄帝内经·上古天真论》）然而，自人类跨入文明社会，尤其是自近代科学技术崛起并取得巨大成就以来，“人定胜天”的“科学沙文主义”观念日渐兴盛。人类似乎开始忘乎所以，为了局部或暂时的利益滥采滥伐、污染环境，结果导致生态平衡被破坏。自然界对人的身体、心理健康，以及社会发展，都具有极大的影响，这是一个不争的事实。但对那些陷于复杂纷纭的社会生活中，长期居住在高楼大厦内，以车代步的人来说，很容易忘记大自然的伟大和力量，很容易滋生出狂妄自大的心态。人类发明的电灯和空调设备使人类几乎忘记了昼夜和气候对人的影响。为什么森田疗法常要求患者亲自到花园中去仔细观察蚂蚁、蜜蜂等小动物的自然生活现象？这是因为神经症患者常常表现出对自然界的变化视而不见、充耳不闻的冷淡，或者说是发现自然美的能力的丧失正是神经症的一个特点。在心智健康的人与神经症之间还有一批利欲熏心，以升官发财为唯一人生乐趣的人，他们对山水树木、花草虫鸟等自然事物也是毫无兴趣的，当然也是毫无体验和赞叹的。据我的生活观察发现，人对自然的感悟程度与他在社会中的地位和得意程度成反比，即地位越高、自我感觉越好的人，就越容易忘记自然和背叛自然；相反，一个人越处于弱势、越失意，对自然就越是有更多的感悟和亲近感。难怪厌世的出家人都选择去深山僻野。

其次，大自然本身是一个适宜养生养心的疗养院，而歌颂大自然的文学作品则把自然和自然的力量纳入或提升到了精神的领域。山山水水、花草树木、虫鸟不但是以象征的方式暗示着某种人文意义，而且本身就是吸引人类精神存在的居所，是作者精神显现它本身的一种方式。对于一些人来说（例如强迫症），他们长期在思维的乱麻中无法找到清晰的答案，此时，如借助自然等外在之物则有助于他们重新认识自己内心世界的问题，因为自然界丰富的素材为精神本质的显现提供了多样化的形式，而文学家的作用正在于他善于发现自然之物所显现的精神的光照。歌颂大自然的作品，常因小见大，或因发现不同事物之间的相似，或引发强烈的对比，使人茅塞顿开，豁然开朗。自然的博大、天地的悠久和天道变化的无常都常常可以使人感悟人的渺小，人生的苦短和人欲的浅薄。从自然山水文章的欣赏中我们可以看到自己的苦乐在其中的投射，有助于促进执迷与顿悟、悲哀与幸福、苦与乐等矛盾心理之间的格式塔转换。我们如果站在山顶上眺望群山的景色，坐在江边注目东去的流水，站在沙滩上感受大海的辽阔和力量，伫立在静默的山岩下，闭目想一想自己平时的浮躁，我们可能会有许多新的体验和想法。所谓“登泰山而小天下”，说明自然可以改变人原先执着的、自以为是的感知。自知之明是心理健康的基本内涵，而个人的自负自大来源于人类中心主义的集体无意识，纠正这种集体无意识的有效方法，也许莫过于只能借助大自然的伟大，而不是靠人类自己的圣人。

再次，春天踏青、秋游或远途旅游等亲近大自然的活动本身就可以锻炼人的筋骨，增加肌肉的力量，呼吸更多的新鲜空气。亲近大自然，有助于使人“心远世纷、身离俗染，故能积精而复全神”（唐代王冰语）。对于那些迷途的心灵来说，让其暂时返回大自然，无论是暂住乡下，还是下田劳作，都有助于烦躁心灵的安静。对于住惯高楼大厦的城里人来说，窗栏栽花，在庭院阳台弄点盆景奇石，或者在庭院、楼顶种几盆蔬菜，养几尾金鱼，那也是对大自然的一种亲近行为。如果你还能从花草鱼鸟中感悟到某些认识、情感和人生之理，并诉之于笔墨，抒发为诗文的话，那么，人生苦乐便在对自然的评价中得到了升华。

大自然是一间疗养院

◎林语堂

大自然本身始终是一间疗养院，它如果不能治愈别的疾病，至少能够治愈人类的狂妄自大的病，大自然不得不使人类意识到他自己的分位。在大自然的背景里，人类往往可以意识到他自己的分位。中国绘画在山水画中总是把人画得那么小，原因便在于此。在一幅名叫“雪后看山”的中国山水画中，要找到那个雪后看山的人是很难的。在细寻一番之后，你发现他坐在一棵松树下——在一幅高十五英寸的画里，他那蹲坐的身体只有一寸高，而且是以几下画笔迅速画成的。又如一幅宋代的绘画，画中是四个学者装束的人在一个秋天的树林里漫游着，仰首在眺望上头那些枝丫交错的雄伟的树木。一个人有时觉得自己渺小，那是很好的。有一次，我在牯岭避暑，躺卧在山顶上，那时我开始看见两个跟蚂蚁一样大的小动物在一百英里外的南京，为了要服务中国而互相怨恨，勾心斗角；这种事情看来真有点滑稽。所以，中国人认为到山中去旅行一次，可以有清心寡欲的功效，使人除掉许多愚蠢的野心和不必要的烦恼。

人类往往忘记自己是多么渺小，而且常常是多么无用的。一个人看见一座百层高的大楼时，常常夜郎自大；医治这种夜郎自大的心理的最好方法，就是把他想象中的摩天楼搬移到一个小山边去，使他更确切地知道什么可以叫做“伟大”，什么没有资格叫做“伟大”。我们喜欢海的无涯，我们喜欢山的伟大。黄山上有一些山峰是由整块的花岗石造成的，由看得见的基础到峰尖共有一千英尺高，而且有半英里长。这些东西鼓动了中国艺术家的灵感；这些山峰的静默、伟大和永久性，可说是中国人喜欢画中的石头的原因。一个人未旅行过黄山之前，是不易相信世间有这么伟大的石头的；十七世纪有一些黄山派的画家，从这些静默的花岗石山峰得到了他们的灵感。

在另一方面，一个人如果和自然界伟大的东西发生联系，他的心会真正变得伟大起来。我们可以把一片风景看做一幅活动的图画，而对于不像活动的图画那么伟大的东西不能感到满足；我们可以把地平线上的热带的云看做一个舞台的背景，而对于不像舞台的背景那么伟大的东西不能感到满足；我们可以把山林看做私人花园，而对于不成为私人花园的东西不能感到满足；我们可以把怒吼的波涛当做音乐会，而对于不成为音乐会的东西不能感到满足；我们可以把山上的微风看做冷气设备，而对于不成为冷气设备的东西不能感到满足，这样我们便变得伟大起来，像大地和苍穹那么伟大。正如，中国一位最早期的浪漫主义者阮籍（210—263）所描写的“大人先生”一样，我们以“天地为所”。

我一生所看见的最美妙的“奇观”，是一晚在印度洋上出现的。那真伟大。那舞台有一百英里阔，三英里高，在这舞台上，大自然上演了一出长半小时的戏剧，有时是庞大的龙、恐龙和狮子，在天空移动着——狮头胀大起来，狮鬃伸展开去，龙背弯着，扭动着，蜷曲着！——有时是一队队的穿白色制服的兵士，穿灰色制服的兵士，和佩着金黄色的肩章的军官，踏步前进，发生战斗，最后又退却了，那些穿白色制服的兵士突然换上了橙黄色的制服，那些穿灰色制服的兵士似乎换上了紫色制服，而背景却满布着火焰般的金黄的虹色。后来当大自然的舞台技师把灯光渐渐弄暗时，那紫色军把那橙黄色帘克服了，吞没了，变成更深的红紫色和灰色，在最后五分钟里表现着一片不可言状的悲剧和黑暗的灾难的奇观，然后所有的光线才消灭了去。我观看了这出一生所看见的最伟大的戏剧，并没有花费一个铜板。

此外还有静默的山，那种静默是有治病的功效的——那些静默的山峰，静默的石头，静默的树木，一切是静默而且雄伟的。每座作围绕之状的佳山都是疗养院。一个人像婴孩那样地偎依在它的怀中时，是觉得很舒服的。我不相信基督教科学，可是我却相信那些伟大的老树和山中胜地的精神治疗力量，这些东西不是要治疗一根折断了的肩骨或一块受伤染病的皮肤，而是要治疗肉体上的野心和灵魂上的疾病——盗窃病，狂妄自大病，自我中心病，精神上的口臭病，债券病，证券病，“统治他人”的病，战争神经病，忌诗神经病，挟嫌，怨恨，社交上的展览欲，一般的糊涂，以及各式各样道德上的不调和。

阅读材料

山水及自然景物的欣赏

◎ 郁达夫

自从亚里士多德的文学模仿论创定以来，以为诗的起源是根据于模仿本能的学说，到现在还没有绝迹；论客的富有独断性者，甚至于说出“所有的艺术，都是自然的模仿；模仿得像一点，作品就伟大一点，文学是如此，绘画亦如此，推而至于音乐，舞蹈，也无一不如此”等话来。这句话，虽则说得太独断，太笼统；但反过来说，自然景物以及山水，对于人生，对于艺术，都有绝大的影响，绝大的威力，却是一件千真万确的事情；所以欣赏山水以及自然景物的心情，就是欣赏艺术与人生的心情。

无论是一篇小说，一首诗，或一张画，里面总多少含有些自然的分子在那里；因为人就是上帝所造的物事之一，就是自然的一部分，决不能够离开自然而独立的。所以欣赏自然，欣赏山水，就是人与万物调和，人与宇宙合一的一种谐合作用，照亚里士多德的说法，就是诗的起源的另一个原因，喜欢调和的本能的发露。

自然的变化，实在多而且奇，没有准备的欣赏者，对于他的美点也许会捉摸不十分完全的；就单说一个天体罢，早晨的日出，中午的晴空，傍晚的日落，都是最美也没有的景象；若再配上以云和影的交替，海与山的参错，以及一切由人造的建筑园艺，或种植畜牧的产物，如稻麦、牛羊、飞鸟、家畜之类，则仅在一日之中，就有万千新奇的变化，更不必去说暗夜的群星，月明的普照，或风、雷、雨、雪的突变，与四季寒暖的更迭了。

我们人类，大家都有一种特性，就是喜新厌旧，每想变更的那一种怪习惯；不问是一个绝色的美人，你若与她日日相对，就要觉得厌腻，所以俗语里有“家花不及野花香”的一句；或者是一碗最珍贵最可口的菜，你若每日吃着，到了后来，也觉得宁愿去换一碗粗肴淡菜来下饭；唯有对于自然，就决不会发生这一种感觉，太阳自东方出来，西方下去，日日如此，年年如此，我们可没有听见说有厌看白天晚上的一定轮流而去自杀的人。还有月亮哩，也是只在那么循行，自有地球有人类以来的一套老调，初一出，月半圆，月底全没有，而无论哪一处的无论哪一个人，看了月亮，总没有不喜欢的，当然瞎子又当别论了。自然的伟大，自然的与人类有不可须臾离的关系，就此一点也可以看出来了，这就是欣赏自然景物的人类的天性。

欣赏自然景物的本能，是大家都有的；不过有些人忙于衣食，不便沉酣于大自然的美景，有些人习以为常了，虽在欣赏，也没有欣赏的自觉，因而使一般崇拜自然美的人，得自命为雅士，以为自然景物，就只为了他们少数人而存在的。更有些人，将自然范围限制得很小，以为能如此这般的欣赏，自然景物，就尽在他们的囊中了。下边的四首歌曲和一张节目，就是这些雅士们的欣赏自然的极致，我们虽则不能事事学他们，但从小处也可以见大，倒未始不是另一种欣赏自然景物的规范。

山居自乐（四季之歌见乾隆御制《悦心集》）

无名氏

爱山居，春色佳，有桃花有杏花；绿杨深处莺儿啼，天阴草色连云暖，夜静花阴带月斜。兴来时，醉倒荼蘼下；这是俺山中和气，岂恋他金谷繁华？（春）

爱山居，夏日长，抚苍松坐翠篁；南风不用蒲葵扇，放开短发迎朝爽，洗涤尘襟纳晚凉。竹方床，一枕清无汗；这是俺山中潇洒，岂恋他束带矜妆？（夏）

爱山居，秋月清，白苹洲红蓼汀；芳菲黄菊开三径，风前倚石吹长笛，月下焚香抚玉琴。木兰花，坠露朝堪饮；这是俺山中雅淡，岂恋他人世红尘？（秋）

爱山居，冬景余，掩柴门著道书；红炉榾柮煨山芋，开窗积雪千峰白，绕屋梅花几树疏。兴来时，驴背闲寻句；这是俺山中冷趣，岂恋他车马驰驱？（冬）

明高濂稚尚斋四时幽赏目录

孤山月下看梅花。八卦田看菜花。虎跳泉试新茶。保俶塔看晓山。西溪楼啖煨笋。登东城望桑麻。三塔基看春草。初阳台望春树。山满楼观柳。苏堤看桃花。西泠桥玩落月。天然阁上看雨。（以上春时幽赏）苏堤看新绿。东郊玩蚕山。三生石谈月。飞来洞避暑。压堤桥夜宿。湖心亭采莼。晴湖视水面流虹。山晚听轻雷断雨。乘露剖莲涤藕。空亭坐月鸣琴。观湖上风雨欲来。步山径野花幽鸟。（以上夏时幽赏）西泠桥畔醉红树。宝石山下看塔灯。满家衖赏桂花。三塔基听落雁。胜果寺月岩望月。水乐洞雨后听泉。资岩山下看石笋。北高峰顶观云海。策杖林园访菊。乘舟风雨听芦。保俶塔顶观海日。六和塔夜玩风潮。（以上秋时幽赏）湖东初晴远泛。雪霁策蹇寻梅。三节山顶望江天雪霁。西溪道中玩雪。山头玩赏茗花。登眺天目绝顶。山居听人说书。扫雪烹茶玩画。雪夜煨芋谈禅，山窗听雪敲竹。除夕登吴山看松盆。雪后镇海楼看晚炊。（以上冬时幽赏）（录自《西湖集览》）

这些原也不免有点过于自命风雅，弄趣成俗之嫌；可是对于有些天良丧尽、人性全无的衣冠禽兽，倒也可以给他们一个警告，教他们不要忘掉自然。我从前在北平的时候，就有一位同事，是专门学法律的人，他平时只晓得钻门路，积私财，以升官发财为唯一的人生乐趣，你若约他上中央公园去喝一碗茶，或上西山去行半日乐，他就说这是浪漫的行径，不是学者所应有的态度。现在他居然位至极品，财积到了几百万了，但闻他唯一娱乐，还是出外则装学者的假面，回家则翻存在英国银行里的存折，对于自然，对于山水，非但不晓得欣赏，并且还是视若仇敌似的。对于这一种利欲熏心的人，我以为对症的良药，就只有一服山水自然的清凉散，到这里，前面所开的那两个节目，倒真合用了；因为山水、自然，是可以使人性发现，使名利心减淡，使人格净化的陶冶工具。我想中国贪官污吏的辈出，以及一切政治设施都弄不好的原因，一大半也许是在于为政者的昧了良心，忽略了自然之所致。

自然景物所包含的方面，原是极博大、极广阔的；像上面所说的天地岁时、社会人事，静而观之，无一不是自然，无一不可以资欣赏，但这却非要悠闲自得，像朱夫子那样的道学先生才办得到；至于我们这种庸人，要想得到些自然的美感，第一，还是上山水佳处去寻生活，较为直截了当；古往今来，闲人达士的游山玩水的习惯的不易除去，甚至于有渴慕烟霞成痼疾的原因，大约总也就在这里。

大抵山水佳处，总是自然景物的美点发挥得最完美、最深刻的地方。孔夫子到了川上，就觉悟到了他的栖栖一代，猎官求仕之非；太史公游览了名山大川，然后才死心塌地，去发愤而著书。可知我们平时所感受不到的自然的威力，到了山高水长的风景聚处，就会如同电光石火一样，闪耀到我们的性灵上来；古人的讲学读书，以及修真求道的必须要入深山傍大水去结庐的理由，想来也就在想利用这一点山水所给与人的自然的威力。

我曾经到过日本的濑户内海去旅行，月夜行舟，四面的青葱欲滴，当时我就只想在四国的海岸做一个半渔半读的乡下农民；依船楼而四望，真觉得物我两忘，生死全空了。后来也登过东海的崂山，上过安徽的黄山，更在天台雁荡之间，逗留过一段时期，每到一处，总没有一次不感到人类的渺小，天地的悠久的；而对于自然的伟大，物欲的无聊之念，也特别地到了高山大水之间，感觉得最切。所以要想欣赏自然的人，我想第一着还是先上山水优秀的地方去训练耳目，最为适当。

从前有一个赞美英国19世纪的那位美术批评家拉斯肯的人说，他在没有读过拉斯肯以前，对于绘画，对于蒙勃兰高峰的积雪晴云，对于威尼斯，弗露兰斯的壁画殿堂，犹如瞎子，读了之后，眼就开了。这话对于高深的艺术品的欣赏，或者是真的，但对于自然美，尤其是山水美的感受，我想也未必尽然。粗枝大叶地想欣赏自然，欣赏山水，不必要有学识、有鉴赏力的人才办得到的；乡下愚夫愚妇的千里进香，都市里寄住的小市民的窗槛栽花，都是欣赏自然的心情的一丝表白。我们只教天良不泯，本性尚存，则但凭我们的直觉，也就尽够做一个自然景物与高山大水的初步欣赏者了。

四季调神

导读

一般来说，凡美的或健康的事物就是保持节奏的，凡丑的或病态的事物就是节奏紊乱的。心律失常为心悸，肠道蠕动紊乱为腹泻，脑电波紊乱为失眠或发疯，诸如此类。昼夜变化、月相变化、四季变化是人最容易感受到的自然节奏。这些节奏日复一日、年复一年地循环不已，在所有动植物身上都刻下了时间的烙印，树木的年轮、动物的睡眠和生物钟就是这样一种印记。于是，古人认为，保持与自然节奏的和谐一致是维护个体健康的基本要领。《黄帝内经·素问》里专有“四气调神大论”，曰：“夫四时阴阳者，万物之根本也。所以圣人春夏养阳，秋冬养阴，以从其根。故与万物沉浮于生长之门。”具体来说，人的养生之道在于饮食起居要顺应春夏秋冬四季气象物候的变化，如果违反自然节奏，则可能导致多种疾病的产生。

人的生理变化与四季节奏相适应，人的精神状况亦是如此。一方面，四季气候、物候和景色的不同，可引发人的不同的感觉与感情，甚至可以影响人的整个精神面貌，如“春眠不觉晓”就是一例；另一方面，人也可以因为对某一季节的偏爱或赋予的意义而投射出不同的性格和情感。孔夫子就说：“仁者乐山，智者乐水。”可见从一个人对自然景物的偏好，可以推断其性格特点和情感倾向。例如，对于春风和煦中的桃花盛开，盛夏幽谷中的潺潺流水，秋风瑟瑟夜空中的一轮明月，白雪皑皑的冬天里的一缕阳光，你更喜欢哪一季景色？如果你喜爱鲜花之景，那么可能提示你内心充满着青春的活力和某种热望；如果你选择流水之景，那么可能意味着你曾是一个内心躁动不安、独立而不愿守旧的人；如果你喜爱秋风秋月，那么可能意味着你是一个清高的逍遥者；如果你偏爱冬天的阳光，那么可能提示你是一个很渴望被关爱的人。同样道理，那些更倾向于喜欢吟诗歌颂某个季节或喜欢在那个季节外出旅游的人，也因为那个季节的情景与自己的感情更为契合，人的情感因被得到外化或共情而获得轻松愉悦。

古人说：“君子诚之为贵。”可是现代的人活得很辛苦，主要是因为他们戴着厚厚的面具，或以夸张的积极隐藏内心的功名利禄，或以虚情假意掩盖内心的仇恨，或以沉默寡言对抗生活中的不仁不义。久而久之，人们逐渐开始轻蔑感情，不再相信永恒的感情及感情对于维护家庭的作用。人际关系的复杂和名利场争权夺利的激烈，使许多人都异化成工于心计的动物。感情上的疏离、冷漠和虚假，是现代社会造就的一种集体神经症性格。

感情的表现力本身就是一种生命之力，有感情、不麻木，就是一种健康。而心理不健康者常常却只有一种刻板的情感体验，或抑郁、焦虑、恐惧或有不可控制的强迫感。换而言之，失去对自己情感的控制力，以及对情感的不正常的压制，都是神经症的一个特点。

观察和欣赏四季变化，体验四季变化所带来的心情，将有助于我们发现自然的美，恢复人表现其真实情感的天性。感情乃是最自然的真诚。

阅读材料

四季小语

◎罗　兰

春之潋滟

春江潮水连海平，
海上明月共潮生。
潋滟随波千万里，
何处春江无月明。

这是张若虚《春江花月夜》中的第一个段落，也是气势最宏大的一个段落。很少人用这样博大的胸襟与宏壮的气势来写春天所带给人的感动。这份感动，美好得近于苍凉。

一切最深的感动，都会近于苍凉。

正如陈子昂的《登幽州台歌》：“前不见古人，后不见来者，念天地之悠悠，独怆然而涕下。”这不是感伤，而是由于关怀整个宇宙和无尽的时间而万感交集。

当一个人，在面对宇宙自然的时候，万感交集，是他最真挚的时刻，也是人生最值得珍惜和把握的时候。

通常，我们都活得很浮面，都不大有机会动感情，或甚至有意无意地隐藏感情。

现代人尤其如此。

工商业社会，为了争利，为了求名，理智必须当先，越能不动感情，胜算越多。动感情，容易被别有用心者所乘，为怕付出了自己的真诚，换来了对方的虚伪，只有虚情假意，以能获得实利为终极目的。久而久之，人们逐渐由压制感情，到轻蔑感情，终而至于忘记了感情。

这种不动感情的生活，在实利上，确实较易有所收获。但在人生境界上，却是一种陷落。感情是最高程度的真诚，限制感情，事实上就等于是训练自己动用不同程度的伪装，让自己明明有动于衷的时候，偏要表现无动于衷。这种训练，久后会超过适当的限度，而变为冷漠无情。不但在处理事务的时候，全用理智，在面对人情物性之时，也不再有真诚的感情出现。

没有感情的人生，所谓的快乐就全是来自物欲的满足。不幸的是，物欲没有止境，而且它注定来自与环境为敌，以私利为先。因此，这样的“快乐”里，就无法不充满着紧张、戒备与患得患失，就不可避免地要为不能在物质的拥有上超过其他的人而失望沮丧。在拥有当时那短暂的一刻之外，将都是紧张奔劳和对自己所得之不足与不满，因此而被欲望催迫着去追求更多与更好。一味追求财富的现代人，常会为了无止境的吸取与扩展，终于使自己小小的灵魂不堪容纳，由饱胀而爆炸，演变成无法善后时的精神崩溃或作奸犯科而触犯法网。

在一味追求物欲扩展的生活里，为了利己，而不能动用感情。到了灵魂不堪承载，精神近于崩溃之时，才会惊觉到自己的孤立与感情上的疏离。求救无门之余，只得孤寂地了此残生。如此冷漠惶急的人生过程，是现代工商业社会的特色。由于习惯了不动感情，而对一切良辰美景都无动于衷。由于习惯了不以真相示人，而使自己一生都在虚伪之中过去。这种“浮面”的生活状态，使人们丧失了生存所应有的、多方面的喜悦。

造物者曾给了我们对这世界的欣赏之情，原可好好利用这几十年的生命，做一趟认真的“人生观光之旅”。旅途劳顿应是欣赏美景良辰所当付的代价，而不是终极的目的。现代人一味奔劳而不知欣赏，实在辜负了造物者的美意。

欣赏不一定是单纯的快乐。在极诚恳的、由衷的快乐之中，常会被激荡着感伤，然而，即连这感动，也是人生的一份真味。

江天一色无纤尘，皎皎空中孤月轮。
江畔何人初见月，江月何年初照人。

现代又有几人肯付出虚伪酬酢以求名利的时间，去江畔看月？更有几人可以在争先恐后，车水马龙，灯火辉映之中，沉潜于“江天一色”，去想到“江月何年初照人”？

即连现代旅游的“夜游”节目，也无非是歌舞场，夜总会，令你仍然陷落在时时刻刻盘算金钱之中而已。

能有一份苍凉感，证明自己是在真挚地生活。

倒不一定只有“快乐”这份感情才值得追求。“感情”的本身就是一种生命之力，有感情，不麻木，就是一种“快乐”。

夏之清凉

绿树阴浓夏日长，
楼台倒影入池塘；
水晶帘动微风起，
满架蔷薇一院香。

高骈·夏日山居

夏天虽然炎热，但如果你有心灵上的宁静，就会欣赏到属于夏的清凉。

夏天实在是最美丽动人，而且充满诗情画意的季节。而最能代表这份清凉感的，应当是夏天的早晨了。

当五点钟不到，天刚刚亮了，鸟儿开始轻轻鸣唱，草上、树上，都是晶莹露珠，属于早晨的牵牛花，静悄悄地绽放。这时候，空气特别清凉，如果你是个早起的人，肯离开空气混浊的斗室，来加入花草与露珠，沐浴在淡淡的曙光与甜美的空气之中，你就分享了这世界一份的美好与欢欣。

没有欣赏过夏天早晨之美的人，实在辜负了造物者所赐给我们的这最美好的世界。夏天的植物最为繁茂，到处是葱茏的树木，缤纷的花朵，茂密的草丛。无论是林间的小鸟，花间的蝶蜂，草上的蜻蜓，都代表着对生命的欢歌，与对世界的颂赞。早起的人们，才会分享到这份生命的欢畅。而迷失在物欲中的现代人却早已远离了这些，他们不但平时是在十里烟尘中奔走征逐，连假期也免不了是灯红酒绿的日子，逛街花钱的日子，和目迷五色的时光。

在没有功利私欲的干扰之下，人和人才可以做朋友。在大自然里，人和其他生物才可以做朋友。如果你懂得爱那些蝴蝶，不把它们拿来做成标本去卖钱；如果你懂得爱那些蜻蜓，分享他们在花草间轻盈飞舞的逍遥之乐；如果你懂得赞赏那些花草树木，分享它们旺盛的生机，你会觉得，它们都在对你笑脸相迎。

夏是生机最旺盛的季节。就连令人困倦的长长的中午，那流过茂密树丛的闷恹的南风，都带着多情的抚慰。正因为那是造物者在为这世界散布生机，使它饱满，你难免会由于这饱满而觉得困倦。但当日午过后，晚风吹来，你会重见属于夏天的清凉与开阔。

夏夜繁星带给人们最多的幻想。星，经常是诗歌、神话、创造与发明的来源，也是过去农业社会时代，人间情谊的欣赏者。它们静静地俯瞰下界，看到人们晚饭过后，来到院中或门前休息乘凉。那闲话桑麻的悠然，与合家团聚的怡悦，都是属于夏天的诗歌。

林中听蝉，池畔赏荷，湖上泛舟，都是夏天最美好的享受。何况还有个下雨的日子，带来无边的清凉。再加上，如果你喜欢读点古诗，写写毛笔字，在沉静的夏季雨天，将给生命渲染上更深浓的诗情画意。

自然界值得欣赏的景色无穷无尽，“夏”是其一。

你看这首诗：

纷纷红紫已成尘，
布谷声中夏令新；
夹路桑麻行不尽，
始知身是太平人。

何等快乐的人生一景！

其中可有一丝金钱与物欲的纠缠困扰与得失恩怨的紧张和忧心？

秋之诗篇

天高日暮寒山深，
送君还山识君心。
人生老大顺恣意，
看君解作一生事，
山间偃仰无不至；
石泉淙淙若风雨，
桂花松子常满地，
卖药囊中应有钱；
还山服药又长年，
白云劝尽杯中物，

明月相随何处眠？
眠时忆问醒时意，
梦魂可以相周旋。

这是高适的《还山吟》。

曾在一个秋天，坐车越过两个山头，去看一块远离尘嚣的地方，非常想在那里建一所小小的茅屋。

这念头的来源，却就是从北方家乡迢迢千里带到台湾来的一本古诗与唐诗选集。

尤其这首《还山吟》，使我神往于那份不受物欲牵累的飘逸。

后来，我并没买什么土地。因为当我欣赏山重岭嶂的幽谧之时，已经领略到“天高日暮寒山深，送君还山识君心”的意境，而山中那深浓的秋意也已经可以长存我的心中，无须再有实质的属于我的土地和茅屋了。

我十九岁那年，抗战军兴，凑巧有机缘让我去僻远的乡下教小学。那种国仇家恨与己身前途渺茫的凄惶，给我那段年龄涂上了深浓的秋意。当课终人散，那所借用娘娘庙后殿做教室的黄土院落，在夕阳斜照之下，透着荒凉与萧索，院中唯一的一棵老榆树渐渐落叶，我独自面对这北方旷原小村中的秋景，只觉感慨万端，却又无从理出头绪，于是，我用毛笔抄写唐诗，寄放自己的感怀。

当自己磨墨润笔，在纸窗下，独对煤油灯，慢慢地、一字一字地，正楷抄写时，心里充满着感情。这感情，是对整个秋天，或整个宇宙的感情，觉得自己生存在这有时万卉竞妍，有时木叶凋零，有时南风送暑，有时雨云纷飞的天地间，是件值得感动和感激的事，是件满溢着感情，而觉得必须把这感情有所表达，才不虚此生的事。

而我欣喜地发现，这些感情倒也不一定要由自己来表达，手边那本古唐诗，就代我表达了一切。

当读到与自己心情相契合的文字时，那原有的感怀就会为得到同情，被人了解的喜悦所取代。

由感怀转为喜悦，这过程，就是艺术的力量。它使我们的情感因而得到升华，使自己由当事人一变而为旁观者。能用置身事外的、欣赏的心情来看自己的苦乐。这种情感的升华，使忧愁苦闷不但不致郁结，反而成为一种值得欣赏与歌咏的艺术之美。如果你自己把它形诸笔墨，发为诗文或绘画，或谱成乐曲，那就是创作，而你的苦乐忧喜也就更进一步地得到了发抒。

人生绝对不是只有快乐，没有痛苦；或只有繁华没有悲凉的。

坚决不去正视痛苦与凄凉，或一味相信人生应当只有快乐的人，并不诚实。《红楼梦》里的诗句：

寒烟小院转萧条，
疏竹虚窗时滴沥。

何等的清寂！

但它正是我在那荒凉小村教书时所感受到的。相信它也是许多人曾经体尝过的。当它以诗的姿态感动你，或你自己借笔墨把它发为诗文的时候，它就不再是一份凄伤，而变为极美的诗意，令人徘徊寻味，不忍遽去了。

寂寞使人深思。

在那两年“庙里的日子”里，我读熟了许多诗，临摹了不少的毛笔字。并且由于缺少应时的读物，使我不得不反复浏览手边的那部辞源，来消磨每一个黄昏，因而获益匪浅。至今我对许多诗文的了解和记诵，仍是拜那两年与世隔绝的日子所赐。

冬之温暖

绿蚁新醅酒，
红泥小火炉。
晚来天欲雪，
能饮一杯无。

白居易·问刘十九

这是最能描写冬之温暖的一首诗。

新醅的酒已经可以喝了，红泥小火炉可以取暖。在天将下雪的晚上，约好友来共饮一杯，那情调是多么温馨，何等快乐啊！

这短短的四句诗，鲜活地画出冬日晚间，熊熊炉火旁，好友对酌时的情景。因为友情与酒的温暖，而使冬日晚间欲雪的天气都不冷了。

在农业社会时代，和三五友好，品茗谈心或饮酒赋诗，都是最令人神往的雅事。人们相互之间有真诚的感情交融，可以有金兰之谊与生死之交。“知己”是令人神往的友情，大家有时间与闲情，也对人情有足够的信心，来慢慢培养深厚的友谊，彼此能够互相知心，成为永恒的道义之交。

现代的友情却逐渐失去了这一份深厚与真诚。

近来常听到有人抱怨，说，请朋友吃饭会被认为是一种干扰或剥夺。因为大家都太忙了，忙得除了业务上有需要之外，没有时间和朋友谈心。

在重利的现代人看来，时间即金钱。任何一点时间的支出，都必须有实利的回报，否则就是一种损失。人们只知道用时间来赚钱，做事和应酬也是为了要赚钱。实在没有什么必须要做的事和可以赚钱的应酬的时候，他们会觉得在家里休息一下，和家人团聚一刻也是难得的。于是，时间在现代人眼中变得非常紧凑，而且万分珍贵，因而不愿意把任何时间分惠给和实利无关的友情。

现代人情因此而难免充满着“势利”的成分。人们常会想——假如他对我事业上有助，或对我金钱上有益，那么，就支付出本应在家休息、团聚的时间，去应酬一下吧！

替现代人想想，在样样需钱，又因为人情浅薄而必须孤军奋战的生活里，又怎能怪他们一切为利，不顾人情呢？

在必须有足够的金钱才能支应他们的生活所需，使他们有安全感的情形之下，人们彼此不谈情谊，只谈实利。却又正因为不谈情谊，只谈金钱，而更注定了必须孤军奋战的情形之下，我们实在对现代人充满了悲悯与同情。

金钱能帮助人们到某一个限度。在这个限度之外，人们会发现，他所最需要的并非金钱，而是情谊。

一个患了半身不遂的病人，空有满柜的金钱，却换不来真心的关切与扶助。重利轻义的人们，会忍心地拿走他的金钱，而不顾他的生死。

一个偶尔遭到事业上挫折的有钱人，不敢把自己的困难向朋友请教，因为唯恐一旦消息传开，他的信用立刻崩溃，使他无法把握一点可以挽救的时机。而重利轻义的现代人，很少不把朋友当做商场上的敌手而幸灾乐祸。极少人肯付出智慧与财力来扶助一个遭遇困难的朋友，因为人们断定那走下坡的人对他不再有利。

古时有刎颈之交，有忘机之友，彼此没有实利的目的。对朋友，只愿付出，不想取得。因此，在平时，可以有闲情，坦诚的对坐谈心，享受友情的温暖，当有困难时，彼此可以掬诚相助，不带任何功利的成分。

宋朝杜小山有一首诗，题名《寒夜》：

寒夜客来茶当酒，
竹炉汤沸火初红。
寻常一样窗前月，
才有梅花便不同。

现代人还有没有这种快乐的心情，迎接寒夜叩门的“不速之客”，而还觉得连月亮与梅花都因有客来而相得益彰了呢？

如春天般的活力

导读

春天是新鲜、活力、向上、希望的象征，春天是青年的季节。只有珍惜春天的人，才有秋天的收获。春天是我们走出冬天封闭的屋子，接受阳光洗礼的季节；是经过严冬考验之后生命复苏的季节。

春天的景象可以撩动人的多种心境。如唐诗里有："春眠不觉晓，处处闻啼鸟。"（孟浩然《春晓》）"国破山河在，城春草木深。感时花溅泪，恨别鸟惊心。"（杜甫《春望》）"春风一夜吹乡梦，又逐春风到洛城。"（武元衡《春兴》）"好是春风湖上亭，柳条藤蔓系离情。"（戎昱《移别湖上亭》）"清明时节雨纷纷，路上行人欲断魂。"（杜牧《清明》）因此，春天是人类多情的季节。

让我们将一切自闭的、抑郁的、固执的意念和情绪抛掉，不要虚度春天。一年之计在于春，一生之计在于青春年华！

明代高濂在《遵生八笺·四时调摄笺》中介绍了古人春季幽赏的经验："孤山月下看梅花"、"八卦田看菜花"、"虎跳泉试新茶"、"保俶塔看晓麻"、"登东城望桑麦"、"三塔基看春草"、"初阳台望春树"、"山满楼观柳"、"苏堤看桃花"等。而《黄帝内经·素问》中早就提出了春季养身养心的规则：“春三月，此谓发陈，天地俱生，万物以荣，夜卧早起，广步于庭，被发缓形，以使志生，生而勿杀，予而勿夺，赏而勿罚，此春气之应，养生之道也。”

阅读材料

春　天

◎郭　枫

一

春天来了。

用不着把累赘的赞美，或是无力的词句奉献给春天。有什么漂亮的语言，能胜过春天本身的美呢！因此，我只能说：春天是美丽的！

春天里的阳光再不像冬季的昏沉和阴冷，而是柔和地微笑着，用温暖的手抚摸着土地。风再不打从寒冷的地方吹来让人们那么瑟缩；是愉快地吹弄着口哨，伴着人们轻松的脚步。寒流再不骤然袭来，天空再不突然变色。春天，是美和欢腾的日子。

春天的脚步，踏着轻快的旋律，走近来了。在原野、在田间、在那座年青的小山头、在唱着低回的歌声的小溪边，我看见的：春天在盈盈地哄笑呀！

我的春天，不，属于一切年青心灵的春天，已经来了！让我们手拉着手，走到春天黄金一样艳美的光辉里。大声地歌唱吧！纵情地舞蹈吧！我们要以我们的热情，和春天比美；以我们的青春，向春天展露。我们，要采摘春天的花朵，来丰富心灵；把我们充溢着活力的心灵，来点缀春天。而且，我们要拨弹着心弦，编织一首绿色的歌，来歌颂春天，也歌颂欢跃于春天里的孩子们！

我们不要虚度春天。

二

美丽的花朵，一齐在春天里开放了！

在柔软的地面上，绽开了多少花呀！我可不知道它们的名字，也数不清种类。有像蓝宝石一样小朵小朵的花，有像少女的羞红一样的薄瓣花，也有高挺地怒放着的大朵花……却是同样的美，同样的可爱。我可真难为它们分出高下。谁不是说过？不同的美，达到高超的水平时，都让人同样赞赏。

我以惊奇而喜悦的眼光，对着花朵凝视。我仔细地研究着这些花的颜色和形态，发现一种共同的调子：它们的颜色都是那么艳丽而匀称，像是什么精灵的化身似的，充沛的生命似乎呼之欲出。

我知道，这是上帝偏爱春天的花朵，让它们特别娇艳。噢！或者，该说春天的花朵，以美丽的姿容，得到上帝的宠爱。花朵，如果不在春天开放，总缺少这份艳美啊！

我喜欢春天的花，喜欢它的艳丽，喜欢它们在青春的季节开放。为了这，我给以祝福——幸福地开放吧！在春天的温柔里！

三

你眼睛里满布红丝的人啊！为什么又端起那杯浊酒呢？

你该知道，春天来了！

你说：你承认春天来了；可是，为什么你又说春天不是你的？为什么你说你生命中只有暮色？你举起酒杯，大口地饮着，是甘美的还是痛苦的汁液？

我不知道是什么消磨了你的心志，我现在要固执地向你述说：春天开花，夏天结果，秋天收实；珍惜春天的，才有丰满的收获。

如果你有惨痛的经历，千万别让那些不幸把你征服。忘记吧，那些烟云的往事，连同一切沉痛的记忆。忘记吧，那些辛酸的片断，连同一切可诅咒的事物。在人生漫漫的长途上，踏出你有力的步子！更坚实地、更愉快地踏出步子！再来一个美好的开始。

快掷掉那只酒杯，你！和一切在幽暗里呻吟的人们；走出屋子，到春天里来，到春天的阳光里来。

四

我走过了田野，听见蜜蜂嗡嗡的声音。

于是，我记起孩子们所熟悉的故事：蜜蜂在春天，忙碌地酿造幸福，因此，冬来的时候，能够安享悠闲。而只爱翩翩飞舞的蝴蝶，在寒冷的季节里，却度不过严寒，惨痛地消殒了。这个故事，现在真实地感动了我，我停下脚步，察看这群忙碌的蜜蜂。

是的，蜂是忙碌的，金黄的小身子，显现着力强和坚实的美，挥舞着晶亮的翅子，从这朵花飞上那朵花，然后飞回巢里。它们，似乎不知道什么叫劳苦，也不休息，也不倦怠，匆忙地来往，唱着嗡嗡的歌，它们唱的是什么？我想，如果我懂得它们的语言，那一定是：工作呵工作。

可爱的昆虫！多少人该在你面前低头，多少人该因你感到羞惭，人们喜欢美丽的春天，像蝴蝶一样，只爱在幸福的日子冶游。谁会注意到春天给人们的启示呢？是你，传达了春天的意旨，指示出春天的教训。

怀着感激的心情，走了回来，我默念着：工作，只有工作，才能让春天在生命中永驻！

如夏日般的开放

导 读

在一个人儿时的记忆中，夏天的印象也许是最多且最难忘的。因为这是一个最开放的季节，使人变得年轻、美丽、开放、浪漫和潇洒。夏天中的男女穿得最少，热情伴随着热汗从皮肤下冒出来，没有羞涩，不必隐瞒。

夏日独具魅力，在文人骚客的笔下有瑰丽雄奇的夏云、粗犷豪爽的夏雨、浓郁的夏绿、炽热的骄阳……不知你最喜欢其中哪一幅自然景观呢？唐诗有不少赞颂夏日风情的诗歌，如“绿树阴浓夏日长，楼台倒影入池塘。水晶帘动微风起，满架蔷薇一院香。”（高骈《山亭夏日》）“兰若生春夏，芊蔚何青青。幽独空林色，朱蕤冒紫茎。”（陈子昂《感遇·兰若生春夏》）“荷叶罗裙一色裁，芙蓉向脸两边开。”（王昌龄《采莲曲》）在炎热的夏日，我们可以在山林、荷塘里找到一丝清凉静谧。

“每一个季节就是人生的一个台阶，纵然有挫折，有烦恼，有天崩地裂，有心灵创伤，有徘徊不定，有二度死亡，只需心有所钟不虚度，壮志未酬，遗恨成霜，也足以问心无愧，留得真情在人间。”（曹政《夏日风情》），夏季是人生的壮丽，我们应该使她美丽、茂盛、繁华。

明代高濂在《遵生八笺·四时调摄笺》中介绍了古人夏季幽赏的经验："苏堤看新绿"、"东郊玩蚕山"、"三生石谈月"、"飞来洞避暑"、"压堤桥夜宿"、"湖心亭采莼"、"湖晴视水面流虹"、"山晚听轻雷断雨"、"乘露剖莲涤藕"、"空亭坐月鸣琴"、"观湖上风雨欲来"、"步山径野花幽鸟"等，你不妨一试。

中医认为，夏主火，火宿于心，其神躁不安，则精神自损消。故夏季养生养心重在降心火，除焦躁。对夏景的欣赏和实际体验可助人除烦祛躁；夏的炽热可以助抑郁者振奋精神。《黄帝内经·素问》中介绍了夏季养生养心的经验："夏三月，此谓蕃秀，天地气交，万物华实，夜卧早起，无厌于日，使志无怒，使华英成秀，使气得泄，若所爱在外。"

夏是开放的、灿烂的和美丽繁华的，我们要像夏天一样，让自己的天性诚实地表现出来，我们应该扮靓自己，让人生灿烂美丽！

阅读材料

夏日风情

◎曹　政

我不大喜欢夏天，但能领略夏天的许多好处。

夏天会使人变得年轻。一到夏天，你不得不卸下厚实的外衣，连同收起那古板肃穆的面孔。让肌肤与太阳天天亲近，心胸受熏风夜夜爱抚。大汗淋淋之际，去洗一个热水浴，再捧出一盆冰西瓜，仰脸躺在瓜棚小院内，此时最不拘小节，最自由自在。夏天是打牌、聊天、讲故事的好辰光。你可以和孩子一起"拱猪"，一起钻桌子，一起数天上有几颗星星；或眺望黝黑的苍穹，诉说鹊桥银河的爱慕思恋，于是，儿时的童趣与青年时代的豪兴，一一齐凑到眼前，在追溯和幻想中年轻十岁。

夏天令人感到人生的多彩。翠绿的大自然在热浪中渐显幽深和成熟。茉莉如雪，紫薇带蓝，接天莲叶无穷碧，映日荷花别样红。大街上走过一群少男少女，仿佛飘过一朵七彩的云霓。大都市令人炫目的夏装琳琅满目，叫你说不出哪种颜色最美丽。夏天从来就不甘寂寞，淡雅和浓艳，都可以成为夏的象征。

夏天最能考验一个人的毅力。因为闷热，便滋生出许多烦躁。意志薄弱的人，爽快地把夏天让位给无聊、懒散、游荡和倦怠；意志坚强的人，却分外珍惜夏天，珍惜夏天的光阴，也就延长了你的生命。在酷暑炎热中驾起充实的生命之舟，在磨炼中赢得时间老人的恩赐，让生命的每一刻不为之虚度。

夏天是最浪漫的季节。夏日的山水毫无羞涩地敞开自己的胸怀，让游人从容地欣赏它的雄奇，它的妖娆。夏天最有趣的节目是看海，去沙滩听潮声，嬉浪不夜天，或去唱卡拉OK，或去看通宵电影，在无风的夏夜默默期待东方第一缕曙光升起。夏天有许多缠绵的话可说，不说也可品味夏日情调的温馨。

人生旅程中的夏天往往太短促。才过三十，已届不惑，夏天很快成为甜蜜的回忆。但那如火如荼的岁月不会轻易淡忘，即使夹杂着难言的惆怅，也将在你两鬓如霜时勾起不尽的牵挂，唤起你思绪的百般依恋，撞击你心灵的再次震荡。

在夏天，不要埋怨熏风无常蝉声鸣，也无须讨厌蚊子夜夜扰清梦。每一个季节就是人生的一个台阶，纵然有挫折，有烦恼，有天崩地裂，有心灵创伤，有徘徊不定，有二度死亡，只需心有所钟不虚度，壮志未酬，遗恨成霜，也足以问心无愧，留得真情在人间。

歌唱夏天，也就是歌唱热爱生命的人。只要你热爱生命，无论是酷暑还是寒冬，也将如温情的春天、潇洒的秋天一样，一样壮丽，一样迷人。

秋天收获的快意

导读

秋，既是收获、成熟的象征，也是萧瑟、失意、沮丧的写照。一样的景色不一样的观点和体验，全在于当事人的精神状态。在这里我们看到了秋天瑰丽的颜色，听到了秋风爽朗的声音，感受到了秋天收获的喜悦。落叶归根的秋叶并不代表失意悲观，它是在寻觅自己的归宿，为树木度过严冬，为春天的新生积蓄自己的能量。

秋是一个自信的季节，它显示了一个人的大度、稳重、洒脱、温和、宽容、理智、聪睿与幽默。

秋天的土地是诚实的，它用收成证明着播种者的品质。一个人在青少年时代，在过去的春天种下的是什么，那么，秋天你收获的就是什么，正所谓种瓜得瓜，种豆得豆。

明代高濂在《遵生八笺·四时调摄笺》中介绍了古人秋季幽赏的经验："西冷桥畔醉红树"、"三塔基听落雁"、"水乐洞雨后听泉"、"北高峰顶观海云"、"策杖林园访菊"、"乘舟风雨听芦"、"六和塔夜玩风潮"等。

秋天如何养身养心，且看《黄帝内经·素问》中是如何说的："秋三月，此谓容平，天气以急，地气以明，早卧早起，与鸡俱兴，使志安宁，以缓秋刑，收敛神气，使秋气平，无外其志，使肺气清。”可见，秋天是收获的季节，人生如四季，快意在秋天。

阅读材料

快意在秋天

◎曹正文

一夜新凉，满目清寒，快意在秋天。

秋风不似春风温柔，夏风热烈，冬风凛冽，她是那么豪爽舒展，悠闲洒脱。

秋雨不似春雨缠绵，夏雨放肆，冬雨沉闷，她是那么跌宕飘逸，放达疏狂。

秋月不似春月朦胧，夏月短暂，冬月惨淡，她是那么清朗皎洁，高雅明净。

秋花不似春花娇艳，夏花淡雅，冬花冷艳，她是那么灵秀脱俗，绰约多姿。

秋天是旅游的季节。秋山自如，缘于苍穹的辽阔无邪；秋水深沉，缘于池塘的浓如墨绿。听蛙声与秋虫长鸣，看桐叶与红枫争艳。一年好景君须记，最是橙黄橘绿时。

秋天是读书的季节。消失了春天的懒散、夏天的炎热、冬天的冷峭。秋窗下，好一个宁静的小天地，潇潇雨声，琅琅书声，伴你良宵与黄昏，你可驾白云驰骋想象，你可品香茗深思熟虑。

秋天是成熟的季节。春之梦、夏之情、冬之忆，俱往矣。你摆脱了少年人的幼稚与狂热，克制了青年人的浮躁与冲动，又未进入老年人安享天年的佳境。你在成熟中抵御困惑，又在困惑中渐渐成熟。

秋天是收获的季节。冬的贮藏，春的播种，夏的耕耘，终于迎来金色的收获。多少坎坷，多少踌躇，多少不堪回首的回忆，多少惊心动魄的拼搏，组成眼前美景，几多欢笑。

秋天是浪漫的。大雁南飞，勾起你秋思万千；登高放目，一吐你胸中块垒。蝉鸣黄叶长亭酒，鲈鱼桂香泻秋雨，西风半夜，蛩声入梦。

秋天是现实的，看秋菊傲立斗霜，望红蓼独绽江畔，她无须雕琢，决不迎合世俗的争宠。面对肃杀的秋色，敞开秋空旷达的胸怀，容纳万物的飘零，展示她不屈不挠的个性，以及光明磊落的品行。

赞美秋天最好的诗人是杜牧。他笔下的秋天不是“万里悲秋”，有“轻罗小扇扑流萤”的清丽，有“停车坐爱枫林晚”的悠扬。他赋予秋天俊爽的情调，他极写秋天潇洒的气派。

写活秋天生命力的文学家是欧阳修。一篇千古流传的《秋声赋》，让无情的草木反衬人类的灵性。秋声、秋容、秋气、秋意，无一不透溢出蓬勃的活力。

我爱秋天，因为秋天没有淫雨，没有蚊子，没有朔风，没有半遮半掩的朦胧，没有不切实际的梦幻，没有毫无节制的狂热，没有城府颇深的世俗。

我爱秋天，因为秋天象征了一个男子汉应有的成熟，他大度、稳重、洒脱、温和、宽容、聪智与幽默。

人生如四季，快意在秋天。

雪中悟道

导 读

冬天的表面是寒冷的，但冬天的阳光温暖了大地，也温暖了人心；冬天的山野是死寂的，但地底下是充满着新生希望的；冬天是节日众多且热闹的，但又是助人冷静思考、倍添感叹的季节。冬天是充满着辩证契机的季节！

冬天的魅力在于雪，雪是冬天的灵魂。下雪天是一个让人灵魂静默的日子。雪的世界，是一个可以引发人的思索、回忆和遐想的景观。白色的雪是庄重、纯洁的象征，尽管她具有一夜之间为大地裹上绢素白装的伟力，但白雪从来就不大肆渲染自己，她总是无声无息地工作着。如果没有她，大地将一片荒凉，从树心到人心，希望将变得越来越少。雪是谦逊的，当春天将到来的时候，她便化作献给万物的第一杯美酒。

雪过天晴，银装素裹。雪既是清洁天空、滋润泥土、保护生态的伟大工匠，也是清洁人类灵魂的工程师。因为下雪，可使我们忙忙碌碌的燥热冷却下来，也才有一丝冷静反观的清闲。道家认为，人修身养性应法天则地，以天为父，以地为母，效仿自然。“天静以清，地定以宁，万物逆之者死，顺之则生。故静漠者，神明之宅，虚无者，道之所居。”（《通玄真经》卷三）可以说，雪天、雪景是四季中最静、最虚的境界了，人以此为仿效的精神境界，是最能体悟到的思想精髓的。

同样观雪，体验不一，唐诗中也尽有反映。如高骈《对雪》写道："六出飞花入户时，坐看青竹变琼枝。如今好上高楼望，盖尽人间恶路歧。"作者在雪的背后看到了世界的险恶。尽管我们这个世界并不公平、公正，但雪暂时掩盖了世界的差异与丑恶，遮蔽了怨恨与嘈杂，制造出一个暂时的、纯洁的虚幻景象。冰雪消融，一切真相又会暴露无遗。而陆畅在《惊雪》中有"天人宁许巧，剪水作花飞"的浪漫体验；柳宗元则有"千山鸟飞绝，万径人踪灭。孤舟蓑笠翁，独钓寒江雪"的孤寂和神逸之感。

性格和心境不同的人能发现冬天魅力的不同方面，或者是她的色彩美，或者是她的气质美，但不管如何，冬天的美是"冷酷"的美、庄重的美。雪有冷漠、严酷、寂静、洁净、朴素、单纯、自由等多重性格，就看你愿意接受她的哪一种馈赠了。

如果你有幸生活在四季分明的土地上，那么你不妨大踏步地走向银装素裹的田野，极目四顾，重新体验一下冬天的美和冬天所带给你的快感。明代高濂在《遵生八笺·四时调摄笺》中介绍了古人冬季赏景的经验："湖冻初晴远泛"、"雪霁策蹇寻梅"、"三茅山顶望江天雪霁"、"两溪道中玩雪"、"山头玩赏茗花"、"雪夜煨芋谈禅"、"山窗听雪敲竹"等，真可谓君子意境。如果雪夜与红颜知己一道看窗外半落琼瑶任风流，听落地雪花无声品温柔，岂不快哉，潇洒！

冬天如何养生？《黄帝内经·素问》中说："冬三月，此谓闭藏，水冰地坼，无扰乎阳，早卧晚起，必待日光，使志若伏若匿，若有私意，若已有得，去寒就温，无泄皮肤，使气亟夺。"冬天最能区别懦夫勇士，冬天最能磨炼人的毅力与造就人的胸怀。

雪 朝

◎徐　刚

我在很小的时候，就听母亲说过：雪是很怕羞的，往往是在晚上悄悄地来临。待天明，家家户户门一打开，便异口同声地喊道："下雪了！"或是："好大的雪！"

年年都看见雪，年年都盼望雪——自己也说不出个所以然。

我的孩提时代是在江南农村度过的。江南也有雪——盖住了田野、村落，一切都是白茫茫的。这银白色的世界却真是孩子们的天堂——雪地上可以捉麻雀，还可以堆雪人，打雪仗，甚至可以打滚——孩子是不怕冷的。

这也许是我爱雪的原因？

是的。可也不尽然。

长大了，我去当兵了，在浙江山区的行军路上，也碰到过鹅毛大雪，那喜滋滋的心情仍不减当年。哪怕雪花飘到脖颈上很快溶化了，往下淌，也不觉得冷。心里倒仿佛流过一条春天的小溪……

后来，我又到了北京——这是"燕山雪花大如席"的故乡，看雪的机会更多了。北海的雪景更是闻名的，我是每年雪后必定要去看一看，在结了冰的北海湖面上悠闲地信步一程，总觉得雪后的空气特别清新，我大口大口地呼吸着，这时候，甚至很想在雪地上如孩子一般打一个滚……

雪呵，迷人的白雪！

现在，在我的眼前，又是一个北京冬天的雪朝。

雪花不知是什么时候落下的？肯定是在我的梦里——香甜的

梦里，飘然而下（或许，正好是一个下雪的梦，是一个童年的梦）……它是在梦境里来临的，又组成了新的梦境。

人世间谁有这样的伟力，在一夜间为大地更换衣装？

那是白色的、绢素的衣装。

红是热烈。

黄是富贵。

白是庄重。

庄重的白雪是从来也不会大肆喧哗的。

它不会发出甜蜜蜜的许诺：我要来了，我将给你们温暖，我将要消灭一切害虫，我会带给你们幸福！

该来的时候，就来了——无声无息地来了。

在茫茫辞海里，很难找得到描绘雪的声响的词汇。

雷雨之夜，那天上的闪电，那哗哗的雨声，会把小孩子吓得偎依在母亲怀抱里。

即便是江南的雨季，始终是不大不小的雨滴，也伴随着那万古不变的、几乎是永恒的滴滴答答的雨声，叫农民心烦意乱。

雪花落地的时候，谁也听不见声音。

哪怕落满了一身，也是极温柔地附和在衣服上——进屋前，一抖，便纷纷扬扬地飘走了。

它只是埋头于自己的使命——为裸露的大地盖上一层被子，为过冬的小苗穿上一身盔甲。

在无声无息中，在匆匆忙忙中，人们连雪花的形状也很难看个清楚——只说是六个角，呈菱形。

一朵、两朵的雪花，是会很快被化掉的。要来就来个雪阵，满天都是，飘飘洒洒；一到地上，就紧紧地互相依偎着，成了玉砌银装的一片。

你可以把它们捏成团。

你可以把它们堆成山。

你可以踩着它们走去。

但，谁也不能把它们分离开——一片、一片地分离开。

雪花的美，是集体的美，是壮观的美。

有冷静的爱，也有炽烈的恨。

在一层白雪之下，是种籽和幼苗的摇篮——温柔的、洁净的、素雅的摇篮。

种籽在这里苏醒，幼芽在这里成长。

幼苗与幼苗亲切地吻着，拥抱着，愉快地度过了冬天。

保护着每一根小草，保护着每一寸土地。

把所有的爱都凝聚在种籽和幼苗身上——没有雪被下的温暖，就没有春天。

摇呀，摇呀！好像是一个看不见的母亲，把种籽都搂到了怀抱里……

摇呀，摇呀！那香甜的乳汁，似清泉一般流进了每粒种籽的心里……

摇呀，摇呀……

摇呀，摇呀……

"小苗苗，小宝宝，翻个个儿，伸个腰，揉揉眼睛，春来了——春来了，春来了！"——夜风在雪地上吹过时，仿佛还唱着这样一支催眠曲。

有爱就会有恨——

恨那些躲藏着的害虫。

这时候，白雪是很冷、很冷的。

害虫很快就会冻死。

是泥土上的一次大扫除，是泥土中的一场歼灭战！

农谚说：冬雪不厚瘟老牛！

雪是大自然的消毒物——纷纷扬扬，满天皆白，有着净化世界的伟力——就连空气中的灰尘也被雪花卷走了，难怪雪后天晴，银装素裹，一切都是透明的，一切都是耀眼的。

天高了，地远了，大山变得年轻了。

就连雪后的明月，也像青春少女的脸庞一样，年轻而又美丽……

沉默并非寂寞，无声胜过有声。爱与恨都是在无声无息中进行的。

把轰轰烈烈留给春天。

把青枝绿叶留给春天。

把绿波荡漾留给春天。

把呢喃乳燕留给春天。

把万紫千红留给春天。

把一切赞美的诗与歌留给春天。

把所有孩子们的欢笑留给春天。

把恋人的愉快的脚步留给春天。

把北海的游船的桨声留给春天。

……

春天将到来到的时候，白雪便悄然而去了——化作雪水，化作清泉，渗到了地里，去滋润，去灌溉，去跳跃，去歌唱。

是献给春天的第一杯美酒。

是融化严寒的最后一股暖流。

不留任何的踪迹，不需要任何的赞美，不追求任何的报偿。

但，在春的百花园中，白山茶、白牡丹、白玉兰、白杜鹃……却真是白得像雪——可是白雪的女儿？

是冬天的产物，是春天的先驱。

从那神秘的天庭中来，热爱人间，向往大地。

可是天上太冷、太寂寞？——“琼楼玉宇，高处不胜寒！”

可是天上没有泥土，没有种籽，也没有人间的温暖？

地上的羡慕着天上，天上的留恋着人间。

嫦娥要升天。

仙女想下凡。

山往云中长。

水往低处流。

灰尘随着飓风卷到天上。

闪电催着暴雨洒向大地。

这无数朵有棱有角的雪花，是多少双巧夺天工的仙女的手，在银河里砍削而成的？

啊！在这冬天刚刚来临后的第一个雪后的早晨，我的想象也如雪花一样，在广阔的空间里寻觅着，飘舞着。

我是自由自在的。

我是无羁无绊的。

我是漂泊不定的。

但，最终，我是脚踏实地的！

我要像雪花那样，去寻访每一座高山、每一片森林、每一个山野中的村落……

我爱每一片绿叶，我爱每一个孩童，我爱每一叶船帆——天地有多么广阔，我的爱便有多么广阔……

我飞得很高，很远，我的心却一直牵挂着大地母亲。

我甚至能望见埋在树林和草丛中的、披着风雪的国境线上的界碑。

我们的土地是要更加肥沃的。

我们的炊烟是要更加温暖的。

我们的河流是要更加明朗的。

我们的空气是要更加清新的。

我们的小草是要更加坚韧的。

我们的姑娘是要更加漂亮的。

……

我像雪花一样，轻轻地、轻轻地落到了祖国母亲的怀抱里——

袒露着自己。

迎击着寒流。

保护着土地。

让人和野兽留下不同的脚印。

让垃圾在一片白色中显示原形。

让随风而起的灰尘惭愧得脸红。

是对一切企图升天成仙的梦幻的嘲弄。

是无私、无畏的光彩夺目的炫耀！

一切庄稼都在地上收获。

所有的路都在地上开拓。

千古不朽的纪念碑是从地上立起的，宇宙火箭的发射架也矗立在地上……

假如雪花只是若即若离地在天上飘，而不是和泥土、小草、幼芽在一起，它会得到那么多的赞美吗？

人们会仰望它，但，仰望久了，也就会遗忘，甚至要失望，就要拂袖而去！

但，雪花毕竟是属于人间的，它悄悄地来了，给了人们一个又一个面目一新的雪朝！

年年都看见雪，年年都盼望雪……

朝阳。

白雪。

辞旧布新。

一元复始。

含着山泉叮咚响。

藏着江水绿如蓝。

能为云霓。

能作七彩。

是星光月色的鳞羽碎片。

是春天到来前的探路者。

谁都要在这雪朝里，留下人生的脚印——那清晰的、走向远方的脚印。

不要辜负这白雪。

不要辜负这早晨。

走向春天，

走向夏天，

走向秋天——

心灵与世界，在这反复的一年四季的更替中，将会越来越富有，越来越光明……

风的启示

导读

风，使我们这个世界变得婀娜多姿，正如贺知章在《咏柳》中感叹：“不知细叶谁裁出，二月春风似剪刀。”风，使我们见证了大自然无声无息的巨大威力，也使我们体会到自然与社会的变化莫测。风不仅是一种力量，还是一种文化和情感的象征。关于风的谚语有很多。如将可畏的人言喻为“风言风语”；以“风声鹤唳”指人因恐惧而惊慌失措；以“风吹雨打”、“风雨同舟”形容人的意志经历了磨炼；以“风花雪月”喻男女间的情感之事；如果是自己“捕风捉影”则与“疑神疑鬼”近义，如果是别人对你“捕风捉影”则意味着你受人猜疑和攻击。

风，变化迅速莫测，犹如人的感情。不同方向的风或不同季节的风都容易引发诗人丰富的情感。如古诗所言：“人面不知何处去，桃花依旧笑春风。”（崔护《题都城南庄》）“飒飒秋风生，愁人怨离别。”（孟郊《古怨别》）

在中医看来，“风为百病之长”，这是很有道理和喻义的。风邪的特点是性主动，善行而数变，病无定处。一年四季都可有风、寒、湿、燥、热诸邪，多依附风而入侵人体，如风寒、风湿、风热之类。故风邪实为外感疾病的先导，是“六淫之首”。

有诗云："山雨欲来风满楼"，"黑云压城城欲摧"，任何事是非祸端总是有先兆的。因此，我们一方面既要警惕风的动向，防患于未然，而不要到"满城风雨"之时才亡羊补牢；另一方面也不要为暂时掀起的风浪和带来的凌乱而惊慌，无论是什么风，它只能折腾一阵子。因为从长远的观点来看，风是不能平静的，这是它的本性，如果它停止了运动，它也就没有了自己的存在。这正像一些无事生非的人，如果他们不搞些谣言中伤之类的事，仿佛就没有别人知道他们的存在了。如果一个人很在乎别人的眼色和评论，如墙头草，毫无主见，成了别人眼中的一种存在，那么他就是患了心理上的"外风症"。如果一个人欲望过多而数变，内心烦躁、情志失调，那么就是患了"内风症"。对于风症的治疗有一方可用：独立一味、自强一味、镇静一味。

记住：能够在风口浪尖中坚持真理和自我本色，任风吹雨打能接受磨炼的人才是真君子。

阅读材料

风

◎杨　绛

为什么天地这般复杂地把风约束在中间？硬的东西把它挡住，软的东西把它牵绕住。不管它怎样猛烈地吹；吹过遮天的山峰，洒脱缭绕的树林，扫过辽阔的海洋，终逃不到天地以外去。或者为此，风一辈子不能平静，和人的感情一样。

也许最平静的风，还是拂拂微风。果然纹风不动，不是平静，却是酝酿风暴了。蒸闷的暑天，风重重地把天压低了一半，树梢头的小叶子都沉沉垂着，风一丝不动，可是何曾平静呢？风的力量，已经可以预先觉到，好像蹲伏的猛兽，不在睡觉，正要纵身远跳。只有拂拂微风最平静，没有东西去阻挠它：树叶儿由它撩拨，杨柳顺着它弯腰，花儿草儿都随它俯仰，门里窗里任它出进，轻云附着它浮动，水面被它偎着，也柔和地让它搓揉。随着早晚的温凉、四季的寒暖，一阵微风，像那悠远轻淡的情感，使天地浮现出忧喜不同的颜色。有时候一阵风是这般轻快，这般高兴，顽皮似的一路拍打拨弄。有时候淡淡地带些清愁，有时候润润地带些温柔；有时候亢爽，有时候凄凉。谁说天地无情？它只微微地笑，轻轻地叹息，只许抑制着的风拂拂吹动。因为一放松，天地便主持不住。

假如一股流水，嫌两岸束缚太紧，它只要流、流、流，直流到海，便没了边界，便自由了。风呢，除非把它紧紧收束起来，却没法儿解脱它。放松些，让它吹重些吧；树枝儿便拦住不放，脚下一块石子一棵小草都横着身子伸着臂膀来阻挡。窗嫌小，门嫌狭，都挤不过去。墙把它遮住，房子把它罩住。但是风顾得这些么？沙石不妨带着走，树叶儿可以卷个光，墙可以推倒，房子可以掀翻。再吹重些，树木可以拔掉，山石可以吹塌，可以卷起大浪，把大块土地吞没，可以把房屋城堡一股脑儿扫个干净。听它狂嗥狞笑怒吼哀号一般，愈是阻挡它，愈是发狂一般推撞过去。谁还能管它么？地下的泥沙吹在半天，天上的云压近了地，太阳没了光辉，地上没了颜色，直要把天地捣毁，恢复那不分天地的混沌。

不过风究竟不能掀翻一角青天，撞将出去。不管怎样猛烈，毕竟闷在小小一个天地中间。吹吧，只能像海底起伏鼓动着的那股力量，掀起一浪，又被压伏下去。风就是这般压在天底下，吹着吹着，只把地面吹起成一片凌乱，自己照旧是不得自由。末了，像盛怒到极点，不能再怒，化成恹恹的烦闷懊恼；像悲哀到极点，转成绵绵幽恨；狂欢到极点，变为凄凉；失望到极点，成了淡漠。风尽情闹到极点，也乏了。不论是严冷的风，蒸热的风，不论是哀号的风，怒叫的风，到末来，渐渐儿微弱下去，剩几声悠长的叹气，便没了声音，好像风都吹完了。

但是风哪里就吹完了呢？只要听平静的时候，夜晚黄昏，往往有几声低吁，像安命的老人，无可奈何的叹息。风究竟还不肯驯服。或者就为此吧，天地把风这般紧紧地约束着。

雨过天晴

导读

下雨是大自然生态系统中水循环的必然现象，生命不仅起源于水，而且人类的生存和文明的发展在很大的程度上都依赖于水。有格言：文明起源于大河。这话一点不错，水，不仅是人类生存的条件，而且是人类精神的滋润剂。

雨，常常是诗人寄予情思的媒介。“好雨知时节，当春乃发生。随风潜入夜，润物细无声”（杜甫《春夜喜雨》），雨是欢喜之情的流露；“孤灯寒照雨，深竹暗浮烟”（司空曙《云阳馆与韩绅别》），“留得枯荷听雨声”（李商隐《宿骆氏亭怀崔雍崔衮》），雨也是离别伤感的哭泣；“空山新雨后，天气晚来秋。明月松间照，清泉石上流”（王维《山居秋暝》），雨可以带来洗刷后的轻松逍遥；“江雨霏霏，江草齐，六朝如梦鸟空啼”（韦庄《台城》），蒙蒙细雨是无奈与空寂的象征；久旱不雨，农家盼雨祈雨，“桑条无叶土生烟，箫管迎龙水庙前”（李约《观祈雨》）；“尝闻秦地西风雨，为问西风早晚回”（雍裕之《农家望晴》），物极必反，雨下久了，农家忧虑的心情又跃然纸上。

雨前雨后自然景观不同，观者心情为之一变。“山城过雨百花尽，榕叶满庭莺乱啼。”（柳宗元《柳州二月榕叶落尽偶题》）

“雨前初见花间蕊，雨后全无叶底花。蜂蝶纷纷过墙去，却疑春色在邻家。”（王驾《雨晴》）雨天给观者提供了一次心境格式塔转换的机遇。明代洪自诚深谙此理，说：“霁日晴天，倏然为迅雷震电；疾风怒雨，倏转为朗月晴空。气机何尝一毫凝滞？太虚何尝一毫障塞？人之心体，亦当如是。”（《菜根谭》）这就是说君子之心应如雨过天晴，不要执着于一处。

观雨，你是否有这样的领悟：雨是机遇、灵秀、纯美、生命的奶水，人之深情厚谊，人与天地交感的象征；观雨、听雨是心灵的沐浴和移情，是新的人格滋生的机遇！

如果你有幸遇到倾盆大雨，你就当它为一场对心灵的洗刷；如果你有幸遇到蒙蒙细雨，那么你就当它是一次对久旱禾苗的滋润。

说到水，不能不想起老子的一个比喻，他说：“上善若水。水善利万物而不争，处众人之所恶，故几于道。”（《道德经》第八章）水是最接近“道”的象征，而最善的人像水一样，与世无争，守柔弱，守静笃，润物无声。他又说：“天下莫柔弱于水，而攻坚强者莫之能胜，以其无以易之也。柔之胜刚，弱之胜强，天下莫不知，莫能行。”（《道德经》第七十八章）可见，水并不只是软弱，还是绵里藏针、柔中有刚的力量的象征。

阅读材料

雨　天

◎思　果

在常态生活中，恐怕殊少嫌厌晴好而总引颈不安、巴望着风雨日子的人。晴为常格，已是不争之事，雨天就一似破格的神来之笔了。按理，生活在常态中的人，也即是正常的人，生活多是规律性的，起居有定，饮食工作如常，连生儿育女的事都精打细算。他们有周期性的假期，到时候一家老小必定去某处一游，甚至于风云变色也势在必行，就因为一切早经策划，碍难更改。再说，假期一过，便只好俟诸来年了。这种有“铁的纪律”的生活的人，以美利坚合众国的人民为代表。美国人没有悠长历史传统，也无璀璨文化国故，但凭人定胜天的理念，在一块新大陆开创科学文明。美国人重视和笃信技术的虔诚，使他们开拓了物质文明，发展了人类的创造智慧，奠下了不朽的富国坚基大业。但也因此，他们的精神生活过度组织化，现实生活遂因欠缺逸兴而硬僵而失掉弹性的高速。他们狂爱阳光，需要阳光，还要利用阳光，他们的心理与宇宙太阳同位，他们要把一年三百六十五天搞得日光朗朗，他们要把阴霾和雨都从生活中拿掉！

可是，毕竟风风雨雨霜露冰雪才是宇宙常格。我总认为凡憎厌自然现象加诸人的不便与懊丧，会导致精神的僵化单纯化。我们其实需要在异常的现象中言志抒意，让风雨寒暖来松弛积极求善导致的紧张，心灵仙逸，神会冥瑶，这才能与天机交感，人的智慧方能达到再创而更臻完美的境界。

我们也需要雨天，正因为我们与万物同在。雨代表生物生机的循环，是灵秀的晶化。雨天带给我们从容体验美好生活的惬适，也赋予我们调整偏废现象，做更深思考的良机。

“对萧萧暮雨洒江天”，那种浑然天机，不是使人智情感登峰造极、羽化升天的伟大艺术创作的灵感吗？“黄河之水天上来”，情是源头活水，发自无极，“奔流到海不复回”，不知其所终，复流至无穷无极处去。这种浩大万钧的宇宙生息循环，才是人所感受，所应接受的生命方向。因此，过分动用理智，倚仗科学，经由突破再突破，以求征服宇宙，一如夸父追日，这真是人自毙，自我为才智扼杀的大悲剧。

雨似才采，可遇、可期，却不可求。基是之故，除了小说中的“超人”，可以借东风和呼风唤雨，凡人乞神求雨，也仍是于事无补。求雨的人，所企盼者无非雨的实效。等到“沛然雨下”，旱象一除，却又担忧着水患了。其实，大千众生中，百分之九十九怕都是这样的“实心”人。而相对的“空心”人，也仅是写出“夜来风雨声，花落知多少”、“小楼一夜听春雨，深巷明朝卖杏花”那样诗句的墨人雅士来点缀余下的百分之一罢。至于能将“实”与“空”交感击揉，另谱和声，以大气魄大手笔落墨的，如“好雨知时节，当春乃发生，随风潜入夜，润物细无声”，因茅屋为秋风所破，苦于“床头屋漏无干处”，从而民胞物与，念及“安得广厦千万间，大庇天下寒士俱欢颜，风雨不动安如山”，那样“惊呼热衷肠”的，千年以还，也不过杜子美等区区一二子罢了。

雨既乃灵秀纯美的象征，如果要人的深心处尚未被物质生活文明荼毒染沾的一点灵光，得与天机牵通，而真能感鸣交共，就必得让雨归还自然之境，人也必自稠集狭囿的城市重返旷野乡郊，才可在宁静祥和的环境里暂忘营营，浸享雨的豪爽情谊。不说别的，住居在现代大都市中，楼宇冲霄，人生活在上不着天下不着地的一层空间中，是无根的，焉可得赏雨之乐？既不闻雨脚，复不见其落地，在自造的樊笼中是无心情感受宇宙循环生机的。而蔽天的硝烟尘杂，先染污了雨脚，及至降下地面，浥尘溅泥，早是秽腻不堪；待沟道满溢，积垢逐浊水漂流，无怪乎人皆撑伞走避，或居室愁忧，横眉咒骂天公了。市尘中人究无由欣赏雨天之美的，对他们来说，雨，也毋宁一种奢侈的苦痛经验，而雨天也就是心牢的无尽刑期了。

然则，当人立郊原，雨敛徐风拂青天，你不须张臂深吸，胸臆早被舒润沁甜的氛围实沛，那满足之感已是浩大无边的了。土松腴，草苏发，花妩新，叶含碧，虫抖擞，鸟转韵，长虹一曲，山峦妖娆，满鼻清畅满眼浏亮，倾听隐流迢淙，焉不能不顿觉物我一身，人间天上。

雨收天霁，其实那动人的喜悦尚不仅此。放目蓝天，有艳红蜻蜓缭乱飞翔，浏亮清光附于轻盈剔透的薄翼之上，翩翻袅娜，妒煞清风，舞尽天光。陈简斋春雨诗有“蛛丝闪夕霁，随处有诗情”句，写的是“万物凝清光”的大寂止静，却又不若蜻蜓载了诗与情，随处点波的潇洒动人了。

还有，雨后听泄洪川流之声，使你情不自禁要夺户外奔，寻那源头去。以前我住四川巴县乡下，住台中雾峰北沟村乡下，都有此种经验。山鸣谷应，四字之传神状绘，不作他想。而吸引我越岭翻山穿林直奔川河的动机，是不待言说的，许仍是天机交感，宇宙生息循回的推力导牵的吧！也就因此，当年在台大读书时，豪雨之后，我仍会站在新生南路琉公圳岸边，望着污水向市区流泻。记得大三那年秋后某日，我自温州街台大宿舍步行到师大男生宿舍探访三弟，一室都是艺术系的学生，那天外客除我以外，还有艺术系已毕业的师大校友郭豫伦兄，欢谈不觉时辰，后来台风雨骤至，倾注滂沱，我就留在他们宿舍吃午饭。到下午四时许，雨势渐弱，五时，只间有细雨，我忽然提议到川端桥看水去，哲弟附议，豫伦兄亦欣然同行。我们是步行去的，到得桥上，但见河水滔滔，涌泻翻滚，好不动人。那时淡水河两岸的北市和永和，尚无今日繁华，一片茫茫。我生在华北，而生平未到过黄河，想见惊涛骇浪、叫啸东流的情景，大概也具体而微了，岂会不生故国之思？而眼前黄水滔滔，谁又能否认不是华夏百川汇集，一脉相承，源远流长？那是我第一次人在都市中，竟有置身西北广原，心逐浪高，感祖国河山壮大，念宇宙轮回生机不息，寄神于玄冥之感。

身在海外，于我，雨仍是潇洒、灵秀的象征，雨天也仍是我调整情感纳适环境的时候。我也仍感宇宙天机生息循回。但是，循环终究该有一起点的，而那起点或许也就是终点的吧。否则，生命何来？万象何俱？文化何始？历史何展？而我又何自从？我忽然领悟，我是离开了那灿烂文化的主流了，我脚下踏着的不是孕育我生命智慧的故土了。雨来自何方，我无须过问，而我来自何方，却不能不问的。我是来自雨水洒布的三江五岳，来自中华文化的根脏，我的生命来自殷商宝物深埋的沃土！黄河在我血脉中奔流，我又何忡忡忧心在何方？于是乎，当我在星条花旗招展之处，走向乡郊，虽不见春雨歇、春水足、插秧忙的悦目农事，即使雨夜卧榻读书，听不见竹丛蕉林淅沥之声，即使在料峭雨细风斜，邀得二三友品茗暖叙，或在寒晦秋雨之夕阖家围吃火锅之时，都不会觉得意兴阑珊、落落寂寥、惴惴不安了。因为，我的精神仍汇入本位文化主流之中，是这主流带动着我参与宇宙天机的生命运行的！

真的，千真万确的呀，我一直觉得甚至看见，那块巨大厚实的雨云，正自泰山日升之巅，西向冉冉飘海而来。这不仅是汤恩比这么恳切地预言过，汤恩比终究不是我们文化大主流中的一滴雨水，因此，他不会有我那般难抑的兴奋与喜悦。他毋宁是对西方在烈日曝晒之下，因久旱不雨而逐渐枯毙的文明的悲叹。

那一天，那一场豪雨来临的一天，我期待着。

君子亦与天同运

导读

古今中外，文人骚客留下了不少关于描写日出的文学作品，似乎凡登高山游玩者几乎都有一睹日出之壮丽的冲动，可见观日出是一件多么魅力不减的事情。这不仅是因为万物生长靠太阳，日出是一副伟大巨人诞生的景象，而且日出使昼夜转折，是黑白反转的一种象征。太阳，几乎天天被人看见或感受到它的存在，但为什么唯有日出那么受人的瞩目？其实，日出的精彩之处就在于红日冲破黑暗的瞬息！那是晨光与黑暗交替，即将过去的世界与即将到来的世界交替的时刻，是光明的白昼由夜空中迸射出来的一刹那。

生活中常有这样的事情：原来看似没有希望的事情突然有了转机，原来失败的事情却忽然又有了胜利的希望。“柳暗花明又一村”不只是一种诗境，也是一种自然规律和生活哲理。

《易》曰：“天行健，君子以自强不息。”夫健者，阳之德也。太阳乃纯阳之精，至大至刚，四时之行，如环无端，未尝一息之停。君子亦与天同运，一息尚存，志行不能松懈。可见日出日没亦是古时君子精神与行为的楷模。

日出现象给人的启示是：不要对眼前的黑暗畏惧，为当下的低潮而失望，因为黑暗即将过去，光明就在前头。新生事物正如初升的太阳一样，在它最初萌芽的时候不易为人们所发现、所理解和支持。即使是带给地球文明和生命的伟大的太阳，在三百六十五天中，它的诞生也未必天天都是轰轰烈烈，而经常只是静悄悄地。但我们应该坚信新生事物必然战胜腐朽陈旧的事物，新旧事物的交替是永恒的规律。

登泰山而小天下，观日出而鼓信心。你不妨一试。

阅读材料

日出

◎ 刘白羽

登高山看日出，这是从幼小时起，就对我富有魅力的一件事。

落日有落日的妙处，古代诗人在这方面留下不少优美的诗句，如像“大漠孤烟直，长河落日圆”、“落日照大旗，马鸣风萧萧”。可是再好，总不免有萧瑟之感。不如攀上奇峰陡壁，或是站在大海岩头，面对着弥漫的云天，在一瞬时间内，观察那伟大诞生的景象，看火、热、生命、光明怎样一起来到人间。但很长很长时间，我却没有机缘看日出，而只能从书本上去欣赏。

海涅曾记叙从布罗肯高峰看日出的情景：

> 我们一言不语地观看，那绯红的小球在天边升起，一片冬意朦胧的光照扩展开了，群山像是浮在一片白浪的海中，只有山尖分明突出，使人以为是站在一座小山丘上。在洪水泛滥的平原中间，只是这里或那里露出来一块块干的土壤。

善于观察大自然风貌的屠格涅夫，对于日出，却作过精辟的描绘：

……朝阳初升时，并未卷起一天火云，它的四周是一片浅玫瑰色的晨曦。太阳，并不厉害，不像在令人窒息的干旱的日子里那么炽热，也不是在暴风雨之前的那种暗紫色，却带着一种明亮而柔和的光芒，从一片狭长的云层后面隐隐地浮起来，露了露面，然后就又躲进它周围淡淡的紫雾里去了。在舒展着云层的最高处的两边闪烁得有如一条条发亮的小蛇；亮得像擦得耀眼的银器。可是，瞧！那跳跃的光柱又向前移动了，带着一种肃穆的欢悦，向上飞似的拥出了一轮朝日。

……

可是，太阳的初升，正如生活中的新事物一样，在它最初萌芽的瞬息，却不易被人看到。看到它，要登得高，望得远，要有一种敏锐的视觉。从我个人的经历来说，看日出的机会，曾经好几次降临到我的头上，而且眼看就要实现了。

一次是在印度。我们从德里经孟买、海德拉巴、帮格罗、科钦，到翠泛顿。然后沿着椰林密布的道路，乘三小时汽车，到了印度最南端的科摩林海角。这是出名的看日出的胜地。因为从这里到南极，就是一望无际的、碧绿的海洋，中间再没有一片陆地。因此这海角成为迎接太阳的第一位使者。人们不难想象，那雄浑的天空，苍茫的大海，从黎明前的沉沉暗夜里升起第一线曙光，燃起第一支火炬，这该是何等壮观。我们到这里来就是为了看日出。可是听了一夜海涛，凌晨起来，一层灰蒙蒙的云雾却遮住了东方。这时，拂拂的海风吹着我们的衣襟，一卷一卷浪花拍到我们的脚下，发出柔和的音响，好像在为我们惋惜。

还有一次是登黄山。这里也确实是一个看日出的优胜之地。因为黄山狮子林，峰顶高峻。可惜人们没有那么好的目力，否则从这儿俯瞰江、浙，一直到海上，当是历历可数。这种地势，只要看看黄山泉水，怎样像一条无羁的白龙，直泄新安江、富春江，而经钱塘入海，就很显然了。我到了黄山，开始登山时，鸟语花香，天气晴朗，收听气象广播，也说二三日内无变化。谁知结果却逢到了徐霞客一样的遭遇："浓雾迷漫，抵狮子林，风愈大，雾愈厚……雨大至……"只听了一夜风声雨声，至于日出当然没有看成。

但是，我却看到了一次最雄伟、最瑰丽的日出景象。不过，那既不是在高山之巅，也不是在大海之滨，而是从国外向祖国飞航的飞机飞临的万仞高空上。现在想起，我还不能不为那奇幻的景色而惊异。是在我没有一点准备、一丝预料的时刻，宇宙便把它那无与伦比的光华、风采，全部展现在我的眼前了。当飞机起飞时，下面还是黑沉沉的深夜，上空却已游动着一线微明，它如同一条狭窄的暗红色长带，带子的上面露出一片清冷的淡蓝色晨曦，晨曦上面高悬着一颗明亮的启明星。飞机不断向上飞翔，愈升愈高，也不知穿过多少云层，远远抛开那黑沉沉的地面。飞机好像唯恐惊醒人们的安眠，马达声特别轻柔，两翼非常平稳。这时间，那条红带，却慢慢在扩大，像一片红云了，像一片红海了。暗红色的光发亮了，它向天穹上展开，把夜空愈抬愈远，而且把它们映红了。下面呢？却还像苍莽的大陆一样，黑色无边，这是晨光与黑夜交替的时刻，这是即将过去的世界与即将到来的世界交替的时刻。你乍看上去，黑夜还似乎强大无边，可是一转眼，清冷的晨曦变为磁蓝色的光芒。原来的红海上簇拥出一堆堆墨蓝色云霞。一个奇迹就在这时诞生了。突然间从墨蓝色云霞里矗起一道细细的抛物线，这线红得透亮，闪着金光，如同沸腾的溶液一下抛溅上去，然后像一支火箭一直向上冲，这时我才恍然大悟，原来这就是光明的白昼由夜空中迸射出来的一刹那。然后在几条墨蓝色云霞的隙缝里闪出几个更红更亮的小片。开始我很惊奇，不知这是什么？再一看，几个小片冲破云霞，密接起来，融合起来，飞跃而出，原来是太阳出来了。它晶光耀眼，火一般鲜红，火一般强烈，不知不觉，所有暗影立刻都被它照明了。一眨眼工夫，我看见飞机的翅膀红了，窗玻璃红了，机舱座里每一个酣睡者的面孔红了。这时一切一切都宁静极了，宁静极了。整个宇宙就像刚诞生过婴儿的母亲一样温柔、安静，充满清新、幸福之感。再向下看，云层像灰色急流，在滚滚流开，好把光线投到大地上去，使整个世界大放光明。我靠在软椅上睡熟了。醒来时我们的飞机正平平稳稳、自由自在，向我的亲爱的祖国、向太阳升起的地方航行。黎明时刻的种种红色、灰色、黛色、蓝色，都不见了，只有上下天空，一碧万顷，空中的一些云朵，闪着银光，像小孩子的笑脸。这时，我深切感到这个光彩夺目的黎明，正是新中国瑰丽的景象；我忘掉了为这一次看到日出奇景而高兴，而喜悦，我却进入一种庄严的思索，在体会着“我们是早上六点钟的太阳”这一句诗那般最优美、最深刻的含义。

月亮代表我的心

导读

月亮，这个地球的卫星，不仅与地球上的气候、潮汐变化有密切的关系，而且对人类的天文历法、日常生活、农事活动，乃至文学艺术，人类生理和心理变化都具有广泛和深远的影响。

中医古籍《黄帝内经·素问》中早就记载了先人的观察经验："月始生，则血气始精，卫气始行；月郭满，则血气实，肌肉坚；月郭空，则肌肉减，经络虚，卫气去，形独居。是因天时而调血气也。"（《八正神明篇》）

唐诗有曰："开帘见新月，便即下阶拜。细语人不闻，北风吹裙带。"（李端《拜新月》）可见月亮自古以来就是人们膜拜的神。月光下不仅诞生了李白"举头望明月，低头思故乡"的诗篇，孕育了德彪西《月光》的旋律，还促成了释迦牟尼悟道成佛。传说中他成佛的那天夜晚皓月当空，月光如水。正是在彼时彼刻，几经磨难的他才彻悟了解脱人生之苦的道理，创建了迄今有亿万信徒的佛教。道家从佛家、禅学那里继承发扬而来的内丹术，亦有一个功德圆满的修炼境界的象征，即是一幅皓月当空的诗境："双忘寂静最灵虚，海水澄清潭月溶。一片光辉周法界，虚空朗彻天心耀。"（《慧命经》）月亮因为静默不语，辉清柔弱，盈虚有序，正暗合了道家守虚、守无、守平、守易、守清、守真、守静、守法、守弱、守朴的主张，于是，月亮成了代表修炼者灵魂的圣物。

月亮是安详、寂静、灵虚、超脱和神秘体验的象征，是精神超度痛苦的催化剂，还是人类灵感的源泉、创造性思维的温床和寄托复杂情感的载体。“海上生明月，天涯共此时。情人怨遥夜，竟夕起相思。灭烛怜光满，披衣觉露滋。不堪盈手赠，还寝梦佳期。”（张九龄《望月怀远》）“今夜月明人尽望，不知秋思落谁家。”（王建《十五夜望月寄杜郎中》）对月生情是人类的一种普遍情结，这也许是为什么自古以来，描写月亮、月色的诗文、音乐和美术作品如此众多的原因吧。

月亮之于人就像宗教，常常使感悟者得到不寻常的生命体验。我们实在不必害怕失眠，因为在那里你将幸运地接受到圣光的洗礼。

在山野田边，庭院阳台，与月相对，或独自静思，或与友神聊，或一边赏月，一边聆听《月光》钢琴曲，这都是难得的一种精神放松疗法。

阅读材料

我不能没有月亮

◎叶　梦

没有月亮的夜，我的心总如止水般沉寂，可是今日，我在灯下读到这样一则消息时，却被弄得惊骇不已。

《文萃报》载：“美国著名科学家，依阿华州立大学教授亚历山大·阿比恩认为，如果将月球炸毁，将其一部分或全部填入太平洋，这样就可以把地球变成伊甸园，从此再没有饥荒。……阿比恩认为，月球是地球上糟糕天气的罪魁祸首，月亮对地球产生一种拉力，使地球目前相对于自己的轨迹有66.5度的倾斜，就是这个倾斜，导致南北半球天气的转变……他说，目前的科技和核武器能够炸毁月球而有余，月球在太平洋近南极处着陆，就能消除目前的倾斜。”

如果阿比恩的设想得逞，月球便会被毁灭不复存在。

如果没有月球，地球上的夜将永远是黑。

炸毁月球是一桩十分可怕的设想，我不希望这个设想变成现实。

我与月之间有一种无法说清的暧昧关系。我记得第一次看人类登月的影片，便心怀一种隐私，眼睁睁地看着身穿宇宙服的登月人大熊猫一样飘忽在月面上，心里紧张极了，仿佛飘忽之间，真会要踩出我的一个什么秘密来。

月面上那死一般的寂静，那一片没有生命的尘土，那一个个孤寂的环形山，仿佛都是我十分熟悉的，它们多少次光临过我的梦境。我熟悉月上尘土的气息就像熟悉我身体的气息。我猜想我身体的元素微粒在月上尘土里亦可一一地觅得。

我很小便知道，我的生命与月亮有关。

我知道世上万物都不是单一存在的，星球与星球，人类与宇宙，完全是一个相互依存相互制约的整体，这是漫长的岁月形成的生命秩序。

我不知道地球上的男人们隶属于天上何方星宿，我只知道女人的生命形式与月亮的关系。

十四岁那年的阴历七月半，是鬼节之夜，白生生的月光使我烦躁心慌失眠。吃了安定勉强睡下，便梦见月光下有一头白鲸咬伤了我，白生生的月光，滑腻的鲸鱼口，鲜红的血，刻入了我少年的记忆里，从此我便害怕满月之夜。从此，我的生命周期便在月的盈亏之间重复，对于我来说，这是我生命史上最初的一件大事。

然而，对于我认为的“大事”，母亲则漫不经心，她是医生，一切司空见惯。对于我经常向她哀告这里或那里有奇怪的痛感时，她总是以疑惑的眼神望着我，她老不相信我说的是真的，对于我小小年纪便经常失眠她倒觉得很怪异。后来她对她的同事们介绍我，就像介绍一个病例：“喏，这就是我们那位吃安定长大的姑娘。”

母亲的话一点也不夸张，我从童年起便开始失眠。从此，失眠就像一株无赖的藤一样相伴着我长大，无法摆脱。我的整个青少年时期，几乎没有离开过安定药瓶。

因为失眠，使我对于夜特别熟悉，对于黑夜里的一切声音，对于月下万物的形态氛围都有一般人所未有过的体验。

我的失眠来自一种无端的亢奋，无法抑制。每每这个时候，我的思路会变得格外清晰，人生的各种困惑、感念像涨潮之水汹汹而来，思绪亦如千万头脱缰的野马，在亢奋之鞭的抽击下脱缰而去。我驾驶着这些野马神游八极，整夜醒着的我，便成了一个无所不至、无所不能的超人。我凭借幻想的羽翼在主观宇宙的空间飞行。

在我十五岁那年，我的失眠症突然恶化，我几乎完全仰仗安定入眠。失眠的夜把我引向一个与现实毫不相干的世界，在这个世界里，我依旧按照我的想象飞升，我的精神与人格在这个纯主观的世界里得到自由的发展与延伸。

一俟到白天，刺眼的阳光下，我觉得一切都很恍惚，反而生出一种陌生感来，看着满街的标语，正在游街的戴高帽的男牛鬼和剃阴阳头的女牛鬼，我的心里十分害怕。我总觉得白天是梦，白天的一切给人的感觉是不真实的。

从那个时候起，我开始不喜欢白天。

我后来慢慢地发现，凡我失眠之夜，皆是有月之夜。我的有端无端的亢奋来自月亮。我已经真实地感觉到月亮有一只无形的手，结结实实地控制着我的生命。

我因为月亮失眠，因为失眠有了时间，这种时间不好干别的，也无甚可干，只好无可奈何地与月相对。长年与月对坐，使我与月之间有了一种默契。

对于失眠，我不再焦虑，甚至异常冷静，干脆连安定也懒得吃了，有时我会披一头黑发，端端地坐到白白的月光下，仿佛一个老练的弈者，与月亮摆开黑与白的棋局，我执黑子月执白子。

月亮是我心灵的庇护者，是我孤独中的密友。

在没有月的日子里，我虽夜里睡得踏实，但白天醒着的时候却很恍惚，恍若一个刚刚治愈的精神病患者，神情总是呆呆的，脑子则像一桶粥。

也有过有月之夜也尚能安眠的日子，夜半醒来，瞅见一地月光，眼睛一亮，心里一暖，颇有他乡遇故知的感觉。

我骨子里是离不开月亮的。

常常有人邀我到已开发和未开发的风景区参加笔会。由主人领着一帮知名和不怎么知名的写家，爬山游水各处一转，然后喝酒吃饭，然后写一篇文章交卷。每每这种时候，我总不行，大白天的那么多人在一起，看山看水灵感一点也没有了。然而我有我的绝招，我常常是夜半起床，孤魂一样荡出来，趁着月色深山野谷一走，溪畔河边一坐，月光下的一切果不比白日，如是我的灵感便不召而至，一篇夜游记便有了腹稿，而且还不愁与同行诸君的文章雷同。

我的一切灵感都随月亮而至。

我熟悉朔望之间的形色种种的月态，我的脑子里刻有春夏秋冬四季不同的月谱，在我的记忆里，全部是从童年开始住过的好几处居所的月光印象。

月亮的痕迹印满我的生命。

一位大学教授问及我的学历，当我报告我的全部学历只有初二时，这位教授十分惊讶，并因为我未上过作家班而倍感遗憾。我差点要道破一个天机，我虽未师承任何一位名家，可是，我确确实实有过一位导师，是她启迪了我的灵感，诱导我走上写作之路，不过，这个不可与外人道。

每每别人问及学历，我向来感觉充实，并没有那种因无文凭而产生的赤条条的感觉。

总之，我得感谢月亮，她在我很小的时候便引诱我失眠，她让我过一种颠倒的生活。我遂不以失眠为苦，我从失眠中得到了正常人得不到的乐趣，我常常与月为伴，体验到了许多月夜美的极致，这些极致诱发我沉睡的灵感，在灵感的逼迫下，我不由自主地拿起了笔，于是便有了别人称之为创作的文字，我沉湎于这些文字的游戏，我从中得到了一种创造的快乐。

月亮之于我，就像宗教，常使我陷入一种入定似的冥想，也使我得到了不寻常的生命体验。

除了万不得已，我一直不敢贸然直接地写月。一个月亮，被几千年来的中国文人已经写尽写绝。如今读来仍叫人拍案叫绝的佳句名篇还少吗?

尽管我不是存心直接地表现月，但是在我所有的文字中，几乎有很大一部分与月亮有关。有朋友称我为写月的老手，我不敢承认。我与月虽有多年的交情，但我写出来的不过是一些与我生命相关的部分罢了。

月亮不只启迪着我创作的灵感，更为重要的是她一直在左右我的生命。

也许是因为失眠的痼疾，我对人生最深刻的体验是孤独，你想想：万物都睡了，我却醒着，我常常眼睁睁地在黑暗中数着时光的脚步，我觉得我的生命被拉长了，即算是有月之夜，也不过是一种与月相对的孤独罢了，我几乎已经习惯了孤独，把失眠与孤独看成我的生命秩序，以至于后来，我已经不年轻了，还是孤魂一个在围城之外游荡。

一个清明朗静的月夜，将要长满的月儿是一片刺眼的银白，我一眯眼，似有千万条银针儿刺入眼底，墨蓝的夜空屏着呼吸，太空中有月的低语随着银针儿似的月光笔直地走到我的心里头，我已领悟月亮的诱惑。

孤独到极致的心有冰山在溶化，巨大的生命潜能在苏醒、在涌动。我的心不再宁静，我已经无法抗拒生命的要求了。

我意识到这点只在一刹那间，当时我和他正在月下散步，我们同时预感到了一点什么，没想到在月老手中捏了十几年的红线儿会骤然收拢了来，我们再无法走开去。他突然拥住我问：我们什么时候结婚？他曾经一次又一次失望过的眼睛仍不疲倦地望着我。

我几乎下意识地脱口而出：明天。

当我说出这一句时，真是石破天惊，连自己也吓了一大跳。

这突如其来的两个字使我们都感到紧张惶惑起来。

“明天”便是元宵之夜，多么吉祥的月亮的节日哦！

从十四岁那年的鬼节之夜到三十六岁这年的元宵之夜，在两个圆月之间，相距二十二个年头，漫长的二十二年，月亮圆了二百多次，又缺了二百多次，我在圆与缺的月之间慢慢地走了过来。

结婚之于我，是生命史上的又一大事，它给我带来心灵上的巨变，我虽有时能逃过失眠症的折腾，但我生命的节律仍在月亮一手中，月亮好像是执掌我生命账簿的管家，由她在每个月的盈亏之间支付我一粒生命的种子，也许，她每次都希望这粒种子能有一个结果。然而，我屡屡忽视这种创造力。结婚几年，我无端地让这些种子失落，让它们都成为没有结果的花，一任红潮卷挟而去。

我的生命周期在月的手中重复，不要多少年，月亮对于我失去节律的生命将撒手不管，这意味着一种创造力的失落。

让生命创造力寂然熄灭该是一件多么遗憾的事，当我意识到这种创造的诱惑时，我已走进了生命的秋天。

我欣然调动起生命的全部热情，选择了阳历春三月的满月之夜，我在月下禀告天公地母，我将要在这样一个月白风清的春之夜，着手一个生命的创造。

明月不负我，苍天不负我，九个月之后，一切如愿以偿，我的创造获得极大的成功。我的儿子完全是按照我的设计要求来到这个世界。

我是这个人见人爱的漂亮的小男孩的母亲，我的女人的虚荣心因此得到最大的满足。

我曾经反省我的生命过程，我自认为是一个谜。我不知道是谁造就了我脆弱敏感的神经和尖锐的感觉，我不知道构成我生命物质中的元素究竟是不是与常人有异，是不是因为这些特异的生命物质才使我对月球的引力场、月球的电磁波特别敏感，是不是我的生物电场对月球的磁场、引力场有一种特别的亲和力？不管这些那些，反正我与月亮特别地有缘。

我一直想问我的父母，他们是不是在一个月夜创造了我？

月亮给了我快乐和忧伤，月亮启迪了我的灵感和女人的智慧，月亮使我拥有一份明丽的心境和日趋完整的精神人格，月亮使我成为一个女人、一个妻子、一个母亲。

我不能没有月亮。

倘若没有月，我的生命便会张皇失措，循环有致的生命秩序便会打破，我的肉体和灵魂定会陷入一派紊乱。

大自然的规律不可随意改变，我想：若月球被炸毁之后，如果地球上的女人们生命周期都发生紊乱，卵巢不复排卵，那么，人类将会面临什么样的绝境呢?

想到这，于是我便提笔，准备给远在地球另一面的美国教授亚历山大·阿比恩博士写信，请他在考虑炸毁月球的设想时，是不是需要回家征求一下他太太对此设想的意见。

回归大海的怀抱

导读

只要见过大海的人都可以在她那里体验到壮阔、雄伟的特性和她那不可抗拒的巨大力量。海是具有多重性格的，她兼收并蓄，纳百川以丰富自己，化腐朽为神奇，孕育包括人类在内的无数生命；她有哲学般的深邃，有文学一样的浪漫，有战士一样的勇敢，有母亲般的胸怀，有父亲般的伟力。孔夫子说："仁者乐山，智者乐水。"对海的亲近或者是对山的钟情，也许可以投射出一个人的性格偏向。海是多样性的象征，不同的人可以从中读出不同的内涵。

我们常常可以在许多影视作品中见到这样一幅画面：遭受挫折的主人翁站在深邃辽阔的大海边，巨大的海浪拍打着海岸……最后主人翁曾经被压制的天性复苏了，曾经无法摆脱的贪欲消失了，曾经痛不欲生的情感纠葛理清了，恢复了生机和力量，继续他未完成的事业。这的确是人类心灵深处的一个原型：人类来自大海，也依恋大海，人可以从大海的伟力中体验到人的欲望和情感纠葛的渺小，海浪的拍打如同是对思想的洗涤，可以使人脱去某种虚伪的神经症的皮，同时滋生出一些新的希望。

大海也常常被当做是集体的象征。个人不管如何了得，但在集体中仍然是渺小的。宋代苏轼有诗云：“寄蜉蝣于天地，渺沧海之一粟。”临海观水也许可以治疗个人的狂妄自大和野心膨胀。

去海边度假，观日出，在沙滩享受日光浴，去冲浪，夜晚听海，看渔火，你肯定会有不少新的人生体验。

阅读材料

读沧海

◎ 刘再复

一

我又来到海滨了，亲吻着蔚蓝色的海。

这是北方的海岸，烟台山迷人的夏天。我坐在花间的岩石上，贪婪地读着沧海——展示在天与地之间的书籍，远古与今天的启示录，不朽的大自然的经典。

我带着千里奔波的饥渴，带着长岁月久久思慕的饥渴，读着浪花，读着波光，读着迷蒙的烟涛，读着从天外滚滚而来的蓝色的文字，发出雷一样响声的白色的标点。我敞开胸襟，呼吸着海香很浓的风，开始领略书本里汹涌的内容，澎湃的情思，伟大而深邃的哲理。

打开海蓝色的封面，我进入了书中的境界。隐约地，我听到了太阳清脆的铃声，海底朦胧的音乐。我看到了安徒生童话里天鹅洁白的舞姿，我看到罗马大将安东尼和埃及女王克莉奥佩特拉在海战中爱与恨交融的戏剧，看到灵魂复苏的精卫鸟化做大群的飞鸥在寻找当年投入海中的树枝，看到徐悲鸿的马群在这蓝色的大草原上仰天长啸，看到舒伯特的琴键像星星在浪尖上频频跳动……

就在此时此刻，我感到一种神秘的变动在我身上发生：一种曾经背叛过自己，但是非常美好的东西复归了，而另一种我曾想摆脱而无法摆脱的东西消失了。我感到身上好像减少了什么，又增加了什么，感到我自己的世界在扩大，胸脯在奇异地伸延，一直伸延到无穷的远方，伸延到海天的相接处。我觉得自己的心，同天、同海、同躲藏的星月连成了一片。也就在这个时候，喜悦突然像涌上海面的潜流，滚过我的胸间，使我暗暗地激动。生活多么美好呵！这大海拥载着的土地，这土地拥载着的生活，多么值得我爱恋呵！

我仿佛听到蔚蓝色的启示录在对我说，你知道什么是幸福吗？你如果要赢得它，请你继续敞开你的胸襟，体验着海，体验着自由，体验着无边无际的壮阔，体验着无穷无际的深渊！

二

我读着海。我知道海是古老的书籍，很古老很古老了，古老得不可思议。

为了积蓄成大海，造化曾经用了整整十亿年。十亿年的积累，十亿年的构思，十亿年吮吸天空与大地的乳汁和眼泪。雄伟的、横贯天地的巨卷呵！谁能在自己有限的一生中，读尽你的无限内涵呢？

有人在你身上读到豪壮，有人在你身上读到寂寞，有人在你心中读到爱情，也有人在你心中读到仇恨，有人在你身边寻找生，有人在你身边寻找死。那些蹈海的英雄，那些自沉海底的失败的改革者，那些越过怒涛向彼岸进取的冒险家，那些潜入深海发掘古化石的学者，那些耳边飘忽着丝绸带子的水兵，那些驾着风帆顽强地表现自身强大本质的运动健将，还有那些仰仗着你的豪强铤而走险的海盗，都在你这里集合过，把你作为人生的拼搏的舞台。

你，伟大的双重结构的生命，兼收并蓄的胸怀：悲剧与喜剧，壮剧与闹剧，正与反，潮与汐，深与浅，珊瑚与礁石，洪涛与微波，浪花与泡沫，火山与水泉，巨鲸与幼鱼，狂暴与温柔，明朗与朦胧，清新与混沌，怒吼与低唱，日出与日落，诞生与死亡，都在你身上冲突着，交织着。

哦，雨果所说的“大自然的双面像”，你不就是典型吗?

在颤抖着的长岁月中，不知有多少江河带着黄土染污你的蔚蓝，也不知有多少巨鲸与群鲨的尸体毒化你的芬芳，然而，你还是你，海浪还是那样活泼，波光还是那样明艳，阳光下，海水还是那样清澈。不是吗？我明明读到浅海的海底，明明读到沙，读到礁石，读到飘动的海带。

呵！我的书籍，不被污染的伟大的篇章，不会衰朽的雄文奇彩！我终于读到书魂，读到一种比风暴更伟大的力量，这是举世无双的沉淀力与排除力，这是自我克服、自我战胜的蔚蓝色的伟大的奇观。

三

我读着海，从浅海读到深海，从海面读到海底——我神往的世界。但我困惑了，在我的视线未能穿透的海底，伟大书籍最深的层次，有我读不懂的大深奥。

我知道许多智勇双全的科学家、工程师和探险家也在读着深海，他们的眼光像一团巨火，越过黑色的深渊去照明海底的黄昏。全人类都在读海，世界皱着眉头在钻研着海的学问。海底的水晶宫在哪里？海底的大森林在哪里？海底火山与石油的故乡在哪里？古生代里怎样开始生物繁衍的故事？寒武纪发生过怎样惊天动地的浮沉与沧桑？奥陶纪和志留纪发生过怎样扣人心扉的生存和死灭？海里有机界的演化又有过怎样波澜壮阔的革命的飞跃？

我读着我不懂的大深奥，于是，在花间的岩石上，我对着浪花，发出一串串的海问。我知道人类一旦解开了海谜，读懂这不朽的书卷，开拓这伟大的存在，人类将有更伟大的生活，世界将三倍地富有。

我有我读不懂的大深奥，然而，我知道今天的海，是曾经化为桑田的海，是曾经被圆锥形动物统治过的海，是曾经被凶猛的海蛇和海龙霸占过的海。而今天，这寒荒的波涛世界变成了另一个繁忙的人世间。我读着海，读着眼前驰骋的七彩风帆，读着威武的舰队，读着层楼似的庞大的轮船，读着海滩上那些红白相间的帐篷，读着沙地上沐浴着阳光的男人与女人。我相信，二十年后的海，又会是另一种壮观，另一种七彩，另一种海与人的和谐世界。

伟大的书籍，你时时在更新，在丰富，在进化。我曾经千百次地索思，大海，你为什么能够终古长新，为什么能够有这样永远不会消失的气魄，而今天，我懂了：因为你自身是强大的，健康的，是倔强地流动着的。

大海！我心中伟大的启示录，不朽的经典。我在你身上感受到自由和伟力，体验到丰富和渊深，也体验着我的愚昧、贫乏和弱小，然而，我将追随你滔滔的寒流与暖流，驰向前方，驰向深处，去寻找新的活力和新的未知数，去充实我的生命，去沉淀我的尘埃，去更新我的灵魂！

石头的精神

导 读

一块埋没在农家门口多年，默默无闻，似乎毫无实用价值的石头却是一块曾经在天上发过热、闪过光的陨石。虽然它有被人仰望的光荣历史，但在地上几百年间却无人问津，她默默地忍受着人们的轻视和讥讽。这块丑石的经历与一些人的人生多么的相似。

有些人在丑石上读出了自己的自卑，有些人因为被人误解或埋没才能而在丑石上找到了自己的影子，有些人则因为生活寂寞或精神孤寂而以为自己就是丑石。

在这块丑石面前，那些夸夸其谈的人或许会发现，伟大并不在于一定耀眼夺目，那些自以为美丽而自傲的人也许会发现，极致的美也许就是脱俗的个性。

不屈于误解，甘于寂寞的生存是一种难得的伟大。孔子说得好："君子病无能焉，不病人之不己知也。"（《论语·卫灵公》）君子治学是为了提高自己，而不是为了让别人知道自己。老子也说："曲则全，枉则直，洼则盈，敝则新，少则得，多则惑。""不自见，故明；不自是，故彰；不自伐，故有功；不自矜，故长。夫唯不争，故天下莫能与之争。"（《老子》二十二章）做人的确是需要一点丑石的精神：不自我夸耀，所以才能成功；不自骄自大，所以才有长进；不与人相争，所以天下无人能与他相争。

阅读材料

丑石

◎贾平凹

我常常遗憾我家门前的那块丑石呢：它黑黝黝地卧在那里，牛似的模样；谁也不知道是什么时候留在这里的，谁也不去理会它。只是麦收时节，门前摊了麦子，奶奶总是要说：这块丑石，多碍地面哟，多时把它搬走吧。

于是，伯父家盖房，想以它垒山墙，但苦于它极不规则，没棱角儿，也没平面儿；用錾破开吧，又懒得花那么大气力，因为河滩并不甚远，随便去捎一块回来，哪一块也比它强。房盖起来，压铺台阶，伯父也没有看上它。有一年，来了一个石匠，为我家洗一台石磨，奶奶又说：用这块丑石吧，省得从远处搬动。石匠看了看，摇着头，嫌它石质太细，也不采用。

它不像汉白玉那样的细腻，可以凿下刻字雕花，也不像大青石那样的光滑，可以供来浣纱捶布；它静静地卧在那里，院边的槐荫没有庇覆它，花儿也不再在它身边生长。荒草便繁衍出来，枝蔓上下，慢慢地，竟锈上了绿苔、黑斑。我们这些做孩子的，也讨厌起它来，曾合伙要搬走它，但力气又不足；虽时时咒骂它，嫌弃它，也无可奈何，只好任它留在那里去了。

稍稍能安慰我们的，是在那石上有一个不大不小的坑凹儿，雨天就盛满了水。常常雨过三天了，地上已经干燥，那石凹里水儿还有，鸡儿便去那里渴饮。每每到了十五的夜晚，我们盼着满月出来，就爬到其上，翘望天边；奶奶总是要骂的，害怕我们摔下来。果然那一次就摔了下来，磕破了我的膝盖呢。

人都骂它是丑石，它真是丑得不能再丑的丑石了。

终有一日，村子里来了一个天文学家。他在我家门前路过，突然发现了这块石头，眼光立即就拉直了。他再没有走去，就住了下来；以后又来了好些人，说这是一块陨石，从天上落下来已经有二三百年了，是一件了不起的东西。不久便来了车，小心翼翼地将它运走了。

这使我们都很惊奇！这又怪又丑的石头，原来是天上的呢！它补过天，在天上发过热，闪过光，我们的先祖或许仰望过它，它给了他们光明，向往，憧憬；而它落下来了，在污土里，荒草里，一躺就是几百年了?!

奶奶说："真看不出！它那么不一般，却怎么连墙也垒不成，台阶也垒不成呢?"

"它是太丑了。"天文学家说。

"真的，是太丑了。"

"可这正是它的美！"天文学家说，"它是以丑为美的。"

"以丑为美?"

"是的，丑到极处，便是美到极处。正因为它不是一般的顽石，当然不能去做墙，做台阶，不能去雕刻，捶布。它不是做这些小玩意儿的，所以常常就遭到一般世俗的讥讽。"

奶奶脸红了，我也脸红了。

我感到自己的可耻，也感到了丑石的伟大；我甚至怨恨它这么多年竟会默默地忍受着这一切？而我又立即深深地感到它那种不屈于误解、寂寞的生存的伟大。

生命意志万岁

导 读

石缝间小草的地位是卑微的，但它并没有因此而自卑，也并没有因此而放弃拼搏。然而，害怕被厌恶、被别人瞧不起正是神经症最常见的心态。其实，在现代工业社会和市场经济中求生存的人们多么像石缝间的小草，每一个人都在为自己的生存寻找合适的土壤。人类的生活夹缝可能是居住环境的拥挤与私密的自由活动之间的矛盾、复杂的人际关系与真诚爱需求之间的矛盾、追求自我实现与竞争压力之间的矛盾、身负的传统文化与面对现代化挑战之间的矛盾等等。不管你对这些矛盾有什么样的感悟，我们的确活得不轻松、不单纯、不容易。但我们之所以没有倒下，没有轻言放弃，这都是因为人是一种具有权力意志的动物！

野草即使纤细柔弱，面对巨大的压力也不屈服、悲观和叹气，而是以柔克刚，以慢制快，以渐进达突变，能屈能伸。把阻力看成磨炼，把压力看成挑战，对一切困难就不再害怕。石缝间长出的松柏身上总是带着伤疤，石缝间的小草总是被人踩得残缺不全，表明它们向上拼搏的过程是多么的艰难。石缝间生命的意义就在于她顽强地活着，虽然没有什么显贵，但是她是适应和战胜无情苛刻环境的胜利者。石缝间的生命甚至会因为生长得不合一些人的审美观而被扼杀，但生命的意义也许并不在于结果，而在于她那辉煌壮丽的拼搏过程。还记得白居易那首描写野草顽强生命力的著名诗篇吗？“离离原上草，一岁一枯荣。野火烧不尽，春风吹又生。”生命中有艰险，人生中有不幸，生命和生活是需要坚强的意志的。

石缝间生命的启示还在于她并不只贪恋肥沃的土壤。风把她的生命带到了那里，她就义无反顾地在石缝间实现了自己天赋的生命权利。人只有在艰苦的环境中才能真正地发现自己，认识自己，锤炼自己，实现自己，升华自己。那些总是想逃避困难的神经症者，难道在顽强的石缝间生命的面前没有一丝震撼吗？与石缝间顽强的植物生命相类似的还有很多微生物和小动物，如蚂蚁、蜜蜂等，你只要肯花一点时间，只要你肯谦虚地向它们学习，就一定能在生活中发现很多有启迪意义的事物。

抑郁症需要振奋精神，强迫症需要意志制约失控的自我，焦虑症需要意志克制情绪的波动。意志薄弱的人就是一只懒猫，而意志坚强的人可以成为一只猛虎。

阅读材料

石缝间的生命

◎林　希

石缝间倔强的生命，常使我感动得潸然泪下。

是那不定的风把那无人采撷的种子撒落到海角天涯。当它们不能再找到泥土，它们便把最后一线生的希望寄托在这一线石缝里。尽管它们也能从阳光里分享到温暖，从雨水里得到湿润，而唯有那一切生命赖以生存的土壤却要自己去寻找。它们面对着的现实该是多么严峻。

于是，大自然出现了惊人的奇迹，不毛的石缝间丛生出倔强的生命。

或者就只是一簇一簇无名的野草，春绿秋黄，岁岁枯荣。它们没有条件生长宽阔的叶子，因为它们寻找不到足以使草叶变得肥厚的营养，它们有的只是三两片长长的细瘦的薄叶，那细微的叶脉告知你生存该是多么艰难；更有的，它们就在一簇一簇瘦叶下自己生长出根须，只为了少向母体吮吸一点乳汁，便自去寻找那不易被觉察到的石缝。这就是生命。如果这是一种本能，那么它正说明生命的本能是多么的尊贵，生命有权自认为辉煌壮丽，生机竟是这样地不可扼制。

或者就是一团一团小小的山花，大多又都是那苦苦的蒲公英。它们的茎叶里涌动着苦味的乳白色的浆汁，它们的根须在春天被人们挖去做野菜。而石缝间的蒲公英，却远不似田野上的同宗生长得那样茁壮。它们因山风的凶狂而不能长成高高的躯干，它们因山石的贫瘠而不能拥有众多的叶片，它们的茎显得坚韧而苍老，它们的叶因枯萎而失去光泽；只有它们的根竟似那柔韧而又强固的筋条，似那柔中有刚的藤蔓，深埋在石缝间狭隘的间隙里；它们已经不能再去为人们做佐餐的鲜嫩的野菜，却默默地为攀登山路的人准备了一个可靠的抓手。生命就是这样地被环境规定着，又被环境改变着，适者生存的规律尽管无情，但一切的适者都是战胜环境的强者，生命现象告诉你，生命就是拼搏。

如果石缝间只有这些小花小草，也许还只能引起人们的哀怜；而最为令人赞叹的，就在那石岩的缝隙间，还生长着参天的松柏，雄伟苍劲，巍峨挺拔。它们使高山有了灵气，使一切的生命在它们的面前显得苍白逊色。它们的躯干就是这样顽强地从石缝间生长出来，扭曲地、旋转地，每一寸树衣上都结痂着伤疤。向上，向上，向上是多么的艰难。每生长一寸都要经过几度寒暑，几度春秋。然而它们终于长成了高树，伸展开了身姿的枝干，团簇着永不凋落的针叶。它们耸立在悬崖断壁上，耸立在高山峻岭的峰巅，只有那盘结在石崖上的树根在无声地向你述说，它们的生长是一次多么艰苦的拼搏。那粗如巨蟒、细如草蛇的树根，盘根错节，从一个石缝间扎进去，又从另一个石缝间钻出来，于是沿着无情的青石，它们延伸过去，像犀利的鹰爪抓住了它栖身的岩石。有时，一株松柏，它的根须竟要爬满半壁山崖，似把累累的山石用一根粗粗的缆绳紧紧地缚住，由此，它们才能迎击狂风暴雨的侵袭，它们才终于在不属于自己的生存空间为自己占有了一片土地。

如果一切的生命都不屑于去石缝间寻求立足的天地，那么，世界上就会有一大片一大片的地方成为永远的死寂。飞鸟无处栖身，一切借花草树木赖以生存的生命就要绝迹，那里便会沦为永无开化之日的永远的黑暗。如果一切的生命只贪恋于黑黝黝的沃土，它们又如何完备自己驾驭环境的能力，又如何使自己在一代一代的繁衍中变得愈加坚强呢？世界就是如此奇妙。试想，那石缝间的野草，一旦将它们的草籽儿撒落在肥沃的大地上，它们一定会比未经过风雨考验的娇嫩的种子具有更为旺盛的生机，长得更显繁茂；试想，那石缝间的蒲公英，一旦它们的种子，撑着团团的絮伞，随风飘向湿润的乡野，它们一定会比其他的花卉生长得茁壮，更能经暑耐寒。至于那顽强的松柏，它本来就是生命的崇高体现，是毅力和意志最完美的象征，它给一切的生命以鼓舞，以榜样。

愿一切生命不致因飘落在石缝间而凄凄艾艾。愿一切生命都敢于去寻找最艰苦的环境。生命正是要在最困厄的境遇中发现自己，认识自己，从而才能锤炼自己，成长自己，直到最后完成自己，升华自己。

石缝间顽强的生命，它既是生物学的，又是哲学的，是生物学和哲学的统一。它又是美学的，作为一种美学现象，它展现给你的不仅是装点荒山枯岭的层层葱绿，它更向你揭示出美的、壮丽的心灵世界。

石缝间顽强的生命，它是具有如此震慑人们心灵的情感力量，它使我们赖以生存的这个星球变得神奇辉煌。

阅读材料

野　草

◎夏　衍

有这样一个故事。

有人问：世界上什么东西的气力最大？回答纷纭得很，有的说“象”，有的说“狮”，有人开玩笑似地说是“金刚”，金刚有多少气力，当然大家全不知道。

结果，这一切答案完全不对，世界上气力最大的，是植物的种子。一粒种子所可以显现出来的力，简直是超越一切。这儿又是一个故事。

人的头盖骨，结合得非常致密与坚固，生理学家和解剖学者用尽了一切的方法，要把它完整地分出来，都没有这种力气，后来忽然有人发明了一个方法，就是把一些植物的种子放在要剖析的头盖骨里，给它以温度与湿度，使它发芽，一发芽，这些种子便以可怕的力量，将一切机械力所不能分开的骨骼，完整地分开了，植物种子力量之大，如此如此。

这，也许特殊了一点，常人不容易理解，那么，你看见笋的成长吗？你看见过被压在瓦砾和石块下面的一棵小草的生成吗？它为着向往阳光，为着达成它的生之意志，不管上面的石块如何重，石块与石块之间如何狭，它必定要曲曲折折地，但是顽强不屈地透到地面上来，它的根往土壤钻，它的芽往地面挺，这是一种不可抗的力，阻止它的石块，结果也被它掀翻，一粒种子的力量的大，如此如此。

没有一个人将小草叫做“大力士”，但是它的力量之大，的确是世界无比。这种力，是一般人看不见的生命力，只要生命存在，这种力就要显现，上面的石块，丝毫不足以阻挡，因为它是一种“长期抗战”的力，有弹性，能屈能伸的力，有韧性，不达目的不止的力。

种子不落在肥土而落在瓦砾中，有生命力的种子决不会悲观和叹气，因为有了阻力才有磨炼。生命开始的一瞬间就带了斗争来的草，才是坚韧的草，也只有这种草，才可为傲然地对那些玻璃棚中养育着的盆花哄笑。

君子兰

导读

兰、菊、梅、竹自古以来就常常被作为君子品格的象征而为文人骚客所歌咏。

兰之所以被赞为其首，因为兰有诸多君子人格的投射：君子做学问必须耐得住寂寞，必须是弃绝红尘的隐者，“兰生幽谷，无人自芳”正合君子的宁静致远、孤独清高；兰，还是忠诚的情爱、友情的贞淑、不落世俗的洒脱、不争自高、典雅圣洁的风度等品格的象征。“如入芝兰之室，久而不闻其香”，兰的魅力还在于你受惠于她的熏陶而又全然不觉。

浮躁喧哗是现代人的一种普遍心态，如将还是理念的东西吹嘘成好像是已经开始实践的东西，将刚刚开始尝试的事情就宣传成好似已经完成并产生影响的东西……开会、照相、吃饭、夹菜讲究尊卑次序，出访、调查下基层争抢上镜率，做一点事生怕天下人不知道。被功名利禄熏心的人应该从兰的性格那里悟出一点宁静致远的人生哲理和无争自高的美德。

读书、工作之余在阳台上栽上一盆君子兰，观察她的花姿叶态，嗅其幽香，读一读前人所著关于兰的诗文，或者观赏一下有关兰的绘画作品，看看有什么领悟和发现。种君子兰，学君子兰，做真君子。

兰

◎白　辛

我们心中有寒梅，因为寒梅刚毅坚贞的情操；我们心中也有夏荷，因为夏荷坚执高信的气节；我们心中还有秋菊，因为秋菊擎举傲洁的风韵；我们心中更有春兰，因为春兰流舒典雅的圣洁。

兰，谁说不是花国绝弃红尘的隐者，只有它能在风烟迷离中，固守孤芳。

兰，谁说不是世间幽缈清扬的梦者，只有它能在幽寂长夜中，舞曳闲静。

兰，谁说不是人生信誓缠绵的爱者，只有它能在尘扬雨飞中，独树贞节。

兰之所以为兰，乃在它巧姿如舞。兰叶葳蕤，兰信风发的时节，经过造化之手轻轻点化，那么不经意间，若有似无，淡淡的几笔勾勒，花叶均无不宛然绣阁卷帘玉指，兀自成立一种高尚的格调。放眼花国，花姿叶态，雍容华贵的有，清瘦怯怜的也有，独独或缺的，就是那么一份古中国碧玉闺秀的典丽贞静。所以，任何其他花卉，都会有花去枝空的惆怅，只有兰，它的梦，它的爱，它的美是全心全意的。一株兰，固然惹得花客魂痴神驰，就是凄零的一片花瓣亦可观，单独的一朵亦可赏，甚或花凋零落，花叶亦可玩，寸寸肌肤，无时不泛透美丽的生机。

兰之所以为兰，乃在它朴色如云。紫艳红娇，京华冠盖的季节，我们心目中的兰，总是孤独而不寂寞地守着中国的谦冲。兰自然有紫也有红，有黄也有绿，只是兰心质朴，倒不是忘了，而是它从不屑怪诞它的颜色，纯净中的清丽，恒风雅人们尘俗贪婪的眼睛。虚实的理则，不只是它的信仰，也是它践履的依傍，因此，当千盏万朵，在凡世争逐中衰老褪去，给人晦暗的惘然时，只有兰，玉白里淡淡的黄紫，清清的红绿，着意而闲散地敷衍着，永远诠释君子无争自高华的美德。

兰之所以为兰，乃在它清香如烟。万花争妍，芳华馥郁，固然也是生命的另一种表征，然而不免有失浓浊炫夺，有朝宠幸离却，徒留人间憾恨。只有兰，渗透暖暖含光的中国哲学以及宁静致远的义理，芳和清逸幽远，久而弥留，恰似月下袅然的轻烟，如诗的轻烟，清清楚楚，为风节的一生，注写另一种美好。

千古以来，兰就是情爱的花，友谊的花，因而含蕴无以言喻的真情。所谓“金兰”，所谓“微风兰杜”，实在不只说明远怀的情伤，也说明友情的贞淑。无怪有人行遍枯木荒山，千岩万壑，只为寻觅绝壁一茎颤颤的幽兰。

能魂萦梦系的爱恋一茎兰，无疑是我们最甜美的享受，不过，辞却故土，天涯沦落，醒里梦里，任谁忍心，凝睇思肖那株惊风中失根的兰。

莲与佛

导读

莲集美、爱于一体，常常被人类当做静和净的意象。唐代诗人李白作《越女词》：“笑人荷花去，佯羞不出来。”王昌龄作《采莲曲》：“荷叶罗裙一色裁，芙蓉向脸两边开。乱入池中看不见，闻歌始觉有人来。”这是因为他们发现了荷池中的人文景观之美。宋代周敦颐作《爱莲说》：“莲之出淤泥而不染，濯清涟而不妖，中通外直，不蔓不枝，香远益清，亭亭净植，可远观而不可亵玩焉。”这是发现了莲的人格象征之美，与花之隐逸者菊和花之富贵者牡丹相比，莲可谓是花中君子。

莲有倔强的生命力，是因为她有一条绵延的生命线，当下的莲茎连着以前的莲茎，她不忘记自己“卑贱”的出身，尊重自己“出污泥”的历史。莲已成为民族或种群的精神象征。如传统的客家筝曲《出水莲》旋律清丽、典雅、柔美动听，将出水莲“出淤泥而不染，濯清涟而不妖”的神韵和气质刻画得栩栩如生，表达了客家人流离失所、奔走客乡而不忘故居的情怀。

有些人总是抱怨自己所处的境遇，将自己的过失或缺点归因于家庭或环境的影响；另一些人人云亦云，随波逐流或同流合污，未能洁身自好，诸如此类，均可以用中药处方，以莲心当药。

为什么佛教中以莲为象征？也许莲有助人移情的作用：夏日的雨后，空气爽洁，彩虹明丽，立在荷塘草岸，凝神相望，荷花清香四溢，眸动念转，物我两忘，彼此之间的界限消解，人此时已沉迷在理念的静谧之中。心仿佛像千瓣的莲，慢慢地剥开三十六瓣，你终于可以发现包裹在深处的自性（即佛）！

阅读材料

莲恋莲

◎余光中

一

身为一半的江南人，第一次看见莲，却在植物园的小莲池畔。那是十月中旬，夏末秋初，已凉未寒，迷迷蒙蒙的雨丝，沾湿了满池的香红，但不曾淋熄荧荧的烛焰。那景象，豪艳之中别有一派凄清。那天独冲烟雨，原要去破庙中寻访画家刘国松。画家不在，画在。我迷失在画中，到现在还没有回来。

没有找到画家，找到了画，该是一种意外的发现。从那时起，一个绰约的意象，出现在我的诗中。在那以前，我当然早见过莲，但睁开的只是睫瓣，不是心瓣，而莲，当然也不曾向我展现它（她？）的灵魂。在那以前，我是纳息塞斯（Narcissus），心中供的是一朵水仙，水中映的也是一朵水仙。那年十月，那朵自恋死了，心田空廓者久之，演成数丛沙草，万顷江田。那天，苍茫告退，嘉祥滋生，水中的倒影是水上的华美和冷隽。

对于一位诗人，发现一个新意象，等于伽利略的天文望远镜中，泛起一闪尚待命名的光辉。一位诗人，一生也只追求几个中心的意象而已。塞尚的苹果是冷的，梵谷的向日葵是热的，我的莲既冷且热。宛在水中央，莲在清凉的琉璃中擎一枝炽烈的红焰，不远不近，若即若离。宛在梦中央，莲有许多小名，许多美得凄楚的联想。对我而言，莲的小名应为水仙，水生的花没有比它更为飘逸，更富灵气的了。一花一世界，没有什么花比莲更自成世界的了。对我而言，莲是美、爱和神的综合象征。莲的美是不容否认的。美国画家佛瑞塞（John Frazer）有一次对我说："来台湾以前，我只听说过莲。现在真见到了，比我想象的更美。"玫瑰的美也是不容否认的，但它燃烧着西方的朗爽，似乎在说：Look at me！莲只郝然低语：Don't stare，please. 次及爱情。"涉江采芙蓉，兰泽多芳草。采之欲遗谁？所思在远道"，这方面的联想太多了。由于水生，它令人联想巫峡和洛水，联想华清池的"芙蓉如面"，联想来自水而终隐于水的西子。青钱千张，香浮波上，嗅之如无，忽焉如有，恍兮惚兮，令人神移，正是东方女孩的含蓄。至于宗教，则莲即是怜。莲经，莲台，莲邦，莲宗，何一非莲？艺术、爱情、宗教，到了顶点，实在只是一种境界，今乃皆备于的莲一身。

莲为神座。如来垂目合十，结跏趺坐在莲花之上。观世音自在飘莲渡海，而往普陀。道家的何仙姑，据说也手持开心莲花。即在西方，莲亦神乎其花。史诗《奥德赛》，卷首就有似乎隐射非洲的食莲人（Lotophagi）之国。英国桂冠诗人丁尼生根据荷说，写了那首闻名的《食莲人之歌》（*Choric Song of the Lotos—Eaters*）。据说食莲可以知足而忘忧，可以一寐千年，永免兵燹。但是据说神话中的 lotus 只是今日北非的一种二丈许开花果树，称为 dateplum，其花白中带红，其实黄色而甜，并非东方习见的 water-lily。在东方，尤其是中国的古典画中，莲也是一大主题。

欧洲的画家甚少以莲入画，莫内（Claude Monet）是例外之一。莫内晚年居日伊维尼，园中有莲池，尝引艾特溪水注之。在1904年到1908年间，老画家面临建池，兴会淋漓地做了四十八幅油画，其后于1915年，又以同样主题做了一组大壁画，成为超现实主义画家马松（Andre Masson）所谓的“印象主义的席思丁教堂”。但是那种五光十色、潋滟多姿的画面，与中国的墨荷形成有趣的对照，到底还是西方的情调。

二

自从那天起，莲在我的心田，抽出一枝静的意象、净的意象。听说刘国松先生用抽象的笔法画过墨荷，可惜我没有见过。如果我是作曲家，我必然以莲为主题，写一首交响诗，题名《莲池的黄昏》。我将以甜甜的木箫奏莲的清芬，以细碎的钢琴敲出点水的蜻蜓，以低沉的巴宋鼓叶底群蛙的白腹。最后，釜形大铜鼓上隐隐滚过“芙蓉塘外有轻雷”的意境，小提琴的弦上抖落凄清的、湿漓漓的水鬼们的啾啾。杜步西如果在汉武帝的昆明池滨住过几个黄昏，该会写出这种印象派的作品。真的，每次读到：

波漂菰米沉云黑
露冷莲房坠粉红

我总不禁会想起杜步西那种飘忽、空灵的音乐。颇受中国古典诗影响的美国诗人艾肯（Conrad Aiken），如果能写一首 Variationson a Theme of Tu Fu，将是非常过瘾的事。艾肯的诗，本来就有晚唐和南宋的韵味。至于美成和白石咏荷的杰作，作者原是音乐家，韵律之美，自在意中，而意象的鲜活醒目，更是印象主义的神髓。“鸟雀呼晴……叶上初阳干宿雨，水面清圆，一一风荷举”，岂非莫内画面？“秋水且涸，荷叶出地寻丈。因列坐其下，上不见日，清风徐来，绿云自动，间于疏处，窥见游人画船”，这样的景色，简直要动雷努瓦（Auguste Renoir）的彩笔了。

我自恨不是杜步西或莫内，但自信半个姜白石还做得成。白石道人的莲，固然带有浓厚的情感，但是他的亭亭和田田毕竟还是花和叶，不是“情人不见”。我的莲希望能做到神、人、物三位一体的“三栖性”。它、她、他。由物蜕变为人，由人羽化为神，而神固在莲上，人固在莲中，一念精诚，得入三境。美之至，情之至，悟之至，只是一片空茫罢了。在这种交叠涌现的意象之中，我完成了年来大部分的作品，且将结集出版。涉江采芙蓉，算是没有空手而返。

三

莲是有人性有神灵的植物。无论是“雨裛红蕖冉冉香”或是“门外野风开白莲”，都有一种飘然不群的风范和情操。移情作用，于莲最为见效。立在荷塘草岸，凝神相望，眸动念转，一瞬间，踏我履者是莲，拔田田之间，亭亭临风者是我。岸上和水中，不复可分，我似乎超越了物我的界限，更超越了时空。有过这种经验，你便会感觉，莲也有一种轮回。凤凰以五百年为一周期。司马迁以为周公卒五百岁而有孔子，孔子卒五百岁而意在己，不也是一种周期性的感觉？莲以一暑为一轮回，“莲华藏世界”，以一花为一完整的宇宙。“菡萏香销翠叶残”，死去的只是皎白酡红的瓣和擎雨迎风的叶，不死的是莲，是那种古典的自给自足和宗教的空茫静谧，是那种不可磨灭的美的形象。情人死了，爱情常在。庙宇倾颓，神明长在。芬芳谢了，窈窕萎了，而美不朽。你会感觉，今年的莲即去年的莲。如果时间的对岸可采芙蓉，则今人涉江固犹古人涉江；芙蓉的灵性在一切的芙蓉里，不多也不少。永恒不是一条漫无止境的直线，永恒是一个玲珑的圆，像佛顶的光轮。一切天体，皆呈球形。银河之外旋转着银河之外，旋转着更多的银河。宇宙膨胀着，永恒之轮在纺织时间。

莲是神的一千只臂，自池底的腴泥中升起，向我招手。一座莲池藏多少复瓣的谜？风自南来，掀多少页古典主义？莲在现代，莲在唐代，莲在江南，莲在大贝湖畔。莲在大贝湖等了我好几番夏天，还没有等老。北回归线以南，一个早该回归而未回归的江南人，在一个应有鹧鸪念经而没有鹧鸪念经的鹧鸪天的下午，在不像西湖却令人想起西湖的湖畔，转一个弯，又一个弯，没有准备看莲，却发现自己立在一弯莲池上。台南可采莲，江南可采莲，予戏莲叶间。莲是无所不在的，释迦牟尼！

朱红色的小计程车憩息在湖滨的柏油路面。“柳岸观莲”，柳荫中，路侧竖着一面白漆黑字的牌子。立在现代混凝土的桥上，心随目远，眸光翩翩，在莲与莲间飞回如蜻蜓。正是群蛙昼寝的半下午，荷下覆翼着深翠的酣寐。阔大圆滑的绿叶，坐不下佛也坐得下罗汉。风来水面，举起一张一张的芗泽，漾起十里的清凉。满塘的碧羽扇，扇得你六根无汗，七孔生风。于是田田摇曳着田田、交叠着田田。娉娉映水，映出嫣嫣赧赧的袅袅娟娟。观世音，纵您有千手您也难选择恁多的婷婷，亭亭莲立！岂惟红蕖可观，诗人亦颇可观。我也是一株莲，心有千瓣，每一首诗剥开一瓣，剥开三十六瓣，还没有窥见莲心。诗人是一种两栖的灵魂，立在岸上，泳在水中。有的泳在汨罗江，有的向采石矶捕月，有的把泪洒在洛水里，有的骑马如坐船，有的坐船如天上坐。人从海底爬到陆上，又一心向往着水。可是我并非站在湖岸看水仙的华兹华斯。水仙花已经渴毙，在柏拉图的故乡。我是青莲，我是狂笑孔丘的青莲。我是蓝田别墅的主人。我筑苏堤，我把西湖妆成了西子。

三十六岁。这一驿是莲之旅，忆往思来，一切莫不连理。莲心甚苦，十指连心，一股都不能不理，而愈理愈乱。死去的都不曾死尽，今年的莲茎，连着去年的莲茎连着千年前的莲茎。姜白石的前身是杜牧之，小红走不完十里的扬州路，再回首，绿叶已成阴子已满枝。此身虽在堪惊。第一遭闻鹧鸪，不在郁孤台下，在嘉陵江滨。第一回写诗，吃菱角，遇见小女孩的母亲（那时也是小女孩哪，Cousin Mimi），在石头城——听说曹霑就饿死在城下。鸡鸣寺。雨花台。重九登高的初秋佳日，二十三岁的母亲多攀了山路，翌晨便剪断了我的脐带。从此我便交给了战争。那是济南惨案，台湾独立运动的一年。十九年后，茱萸的孩子从扬子江的上游，踩着倒下去的太阳旗回来。第二年暑假，考取了围城中的北京大学，津浦路伸出三千里的铁臂欢迎我去北方，母亲伸两尺半的手臂挽住了我。结果，我成为金陵大学的学生。

那时，我住在一座小红楼上，窗外便是钟山。秋天的夜里，南朝的鬼魂在窗外竖耳窃听我读《桃花扇》。但那是十五年前的事了。“南朝剩有伤心泪，更向胭脂井畔流！”这里不是西湖，亦非后湖，这里比南朝还南。这里的纬度相当于驱鳄鱼的文豪，啖荔枝的诗宗。青山一发是中原。他乡生白发，旧国见青山。上联将验，下联未卜。三十六岁！怎么都已经三十六岁了？拜伦、彭斯、梵谷、罗特列克、莫地里安尼、徐志摩，都在这一年结束了生命。到了这种年纪，但丁已经要追随魏吉尔游地狱了。王勃、李贺、济慈、欧文、拉福格、柯比艾尔、纳兰性德，不到这年纪，便阖上了诗集，竖起了石碑，迫老头子们俯首让位。则我该性急些；乘王勃的海舟，骑李贺的弱马而去乎？抑或应等到沈园柳老，江南花落，才缴还这枝彩笔？前半生是水仙，耽于自怜；后半生应是芙蕖，稍解怜悯。碧落。黄泉。如雾的红尘。白发。青山。皆瞬间事。莲仍是莲。夏去。夏来。莲仍是莲。

计程车的喇叭在催了。欲饮琵琶马上催。柳岸观莲，也要计程。这不过是中途罢了，台北在红尘最浊处喊我回去。黄昏胡骑尘满城。石头城也迷失在红尘里，另一种红尘。毕竟，这不是安史之乱。长生殿矗立在长恨歌里。白居易被译成蟹行的英文。今夕是七夕，但地上的七夕没有鹊桥，地上的七夕在卢沟桥上。

再见了，大贝湖！你应该易名为大悲湖。周敦颐说莲是君子，出污泥而不染。莲岂止是君子？即莲，即人，即神。神在，则污泥莫非净土，则莲盏皆光，荷掌可握世界。爱默森说，没有人能够活着见神。可是我见过无数次了，在莲与莲间。只是人能窥神，而人究竟是人。香消菡萏，露冷莲房，亦不能漠然无忧。金圣叹自谓："七岁时，眼窥探井，手持片瓦，欲竟掷下，则念其永无出理。欲且已之，则又笑便无此事。既而循环摩挲，久之久之，蓦地投入，归而大哭。此岂宿生亦尝读此诗（李义山《曲池》）之故耶？至今思之，尚为惘然。"这实在是一个大矛盾：因莲通神，而迷于莲，莲虚莲实，宁有已时？太上无情？太上有情？莲乎莲乎，恋乎，怜乎？

生命的毅力

导　读

站立在榕树下，你就会为她那强盛的生命力所震撼、所溶解、所征服。因为榕树具有一种不可抗拒的性格魅力，这就是：柔美的、顽强的精神！她可以在几乎没有泥土的地方把自己发展成其他生命望尘莫及的参天巨木；她敢于开拓本没有的路，本没有的前方，在绝望时开辟新的生命线，她具有一种勇敢的探索精神；她具有从失败中重新站起来的不屈意志，即使她在风暴中暂时倒伏，但最终她一定会获得重新站起来的胜利；她具有自疗的精神，如果她被伤害，她能果断、迅速修复自己的创伤，继续自己生命的历程。她倔强的生命与不倒的灵魂浑然一体。她是一首英雄的生命进行曲，欣赏她可以驱除我们身上的渺小、卑劣、颓废与消沉。

神经症者常常是屈服于环境的奴隶。面对厄运，神经症者常常将自己的失败和失意归结于环境或别人，他们固执于刻板的生活方式，不愿意去尝试新的方法来解决困难；总是强调家庭、父母、学历、机遇等条件对自己的影响，常常倒伏在失败的地方怨天尤人，对任何愿望的失败和挫折都感到心寒，他们害怕失败而逃避现实，乐于躺在床上空想。

从榕树那里，我们懂得了生命的本质就是从无到有、从弱到强、从小到大的进行曲，在风暴中从容不迫，在挫折与失败面前不屈不挠，在前途艰险时勇于探索，在生死关头勇于拼搏。人是生命中的精灵，在困难面前不应该轻言低头。

据考察，中国南方部分地区有女性婚前在榕树下行膜拜礼的习俗。我们不妨做一个揣测，根据原逻辑思维的互渗规律，这种民俗行为的意义在于：象征着一个即将要做新娘和母亲的人希望自己以后有像榕树般的顽强生命力。

每一种树都有自己的性格，如松树、白杨、杨柳、梅花等等。你不妨选择一种自己喜爱的树，尝试去了解她的生物习性并加以仔细地观察，然后常常向亲朋好友进行赞赏式的描述。当我们将这种所喜爱的树当做一种自然之神来膜拜时，我们身上的软弱、退缩、颓废与消沉将会被驱除。

阅读材料

榕树，生命的进行曲

◎ 刘再复

一

我时常思念着故乡的灵魂，榕树。

记得有人问我：你追求过怎样美丽的灵魂？我说，榕树。

情感的潺潺，思想的潺潺，再一次流过故乡崎岖的山野，再一次流过往昔峥嵘的岁月，回过头来思量，那昨天使我爱恋过的灵魂，今天依然使我向往着的灵魂，也只有它——

榕树，我的永恒的爱恋。

二

我爱恋的榕树，不知道使多少陌生人为它兴叹过，倾倒过。

真是太壮阔了。只要你接近它，就会感到它的全身，都充满着一种最动人的东西，这就是，生命。

善于思辨的哲学家说，美就是充满生命的人和物。我相信，因为榕树，我才相信。

几乎是整个童年时代与少年时代，我都在观赏这种洋溢着生命的大树。

我喜欢这种绿色世界在无风中的平静、雍容、丰盛、满足，像沉默的大山一样岿然而立。

我更喜欢它在风中的时刻。榕树的每一片绿叶，都像风帆那样善于捕捉最弱的微风。因此，当轻风吹拂的时候，它的叶子就会颤动起来，刹那间，树上好像千百万绿色的蝴蝶，在一开一翕地扇着翅膀，共同编织着生命的织锦。

更使我陶醉的是雄风吹动的时刻。此时的榕树，瞬息间从沉默的大山变成汹涌的大海，波浪在树梢上澎湃着，时时发出拍打蓝天的沙沙的响声。

有一位很重感情的北方朋友告诉我，他第一次见到南国土地上的高大榕树时，几乎吓呆了。榕树那企图笼罩大地的浓荫，那企图吞没白云的树冠，那企图饮尽地下全部水分的根群，那陡立而弯曲多节的树枝所构筑的殿廊、山脉、峡谷和道路，一起在放射着生命的光波与音波。这种柔和而强大的波浪，把他的心灵摇撼得很久很久。

在撼动中，他感到自己的生命被另一种强大的生命所照明，所溶解，所征服。他觉得自己完全被这种强大的生命所俘虏，并且被剥夺了身上的藐小、卑琐、颓唐与消沉。在树下，澄清的空气中，他觉得自己的灵魂升腾起来了，仿佛也变成一只扇动着翅膀的绿蝶，也在这个充满生命的葱茏世界中快乐地翔舞。

三

我比这位北国的友人更了解榕树。生命里积淀着更多的榕树的碧叶。

我家乡的山野与原野上，处处都有榕树。肥沃的地上，贫瘠的地上；坚硬的地上，松软的地上；有泥土的地上，几乎没有泥土的地上。

我家乡的山野与原野上，时时都有榕树。潮湿的时节，干旱的时节，雨淋的时节，霜打的时节；有春天的时节，没有春天的时节。

小时候我迷恋过一棵倔强的小榕树。它就在几乎没有泥土的地方发展它的生命。它那生的征程，就在我家屋后的一块浑圆形的岩石上进行，大约三年时光，我一直追随着它的足迹，注视着它那平稳而坚实的脚步。

我不知道它是在岩缝的哪一处破芽而出，只看着它从缝穴里伸展出来的最初的嫩枝。这棵嫩枝在岩石的悬崖上，沉着地、缓慢地跋涉、攀登，开拓着本没有路的路，本没有前方的前方。

当它发现岩石身上的小坑洼处，有一点薄薄的尘土，就果断地在那里扎下了根，扎下一个营寨，然后又向前伸延、迈进、不倦地继续寻找着前方险峻的路、险峻的希望。

更使我惊讶的是，它在找不到任何营寨的时候，竟从生命深处撒出一束根须，像蚕儿抛出的银丝。柔韧的丝丝朝下生长，直至亲吻到地平面上的小草。后来，我才知道，这就是所谓气根。在没有泥土的时候，气根凭借它奋发的天性，吸收空气中的水分，然后把自己养育成榕树另一翼的生命线。

突破、挣扎、发展、挺进，这是一支青绿色的生命进行曲，这是一支铁流似的生命凯旋曲。

正是这支无声、无畏的歌，把巍峨的韧性，第一次灌进了我的贫穷而干旱的童年，灌进了我的还在襁褓中的人生。

四

后来，我在泉州的清源山和福州的于山里，看到了辉煌的石壁榕，才知道比起我家屋后那支进行曲来，还有更雄壮的进行曲。

清源山的石壁榕，真是生命的奇迹。这棵雄伟的榕树，生长在足有三层楼高的一块巨岩上，而本身又有两层楼高，观赏它时，非仰视不可。

沿着石壁，许多粗壮的根从岩顶射向大地，有的像缆索悬荡在空中，有的像巨蟒盘旋而下。它们把整块巨石紧紧拥抱。假如从云端俯瞰下来，大约会看到这棵榕树像巨人伸出手臂，抱住一块天然宝石，企图把它从大地的母腹中拔出。

我很幸运，竟在一次雾天里见到清源石榕别样的风姿。那时，雾气正像炊烟似的袅袅上升，一阵一阵地掠过岩石，而且一阵比一阵浓烈，最后岩石像沉浸在浩渺的云海中。而榕树，被云岚雾霭所凝聚成的大白盘托住，在迷蒙的烟波中忽隐忽现，好像飘动在云空中的神树。更有意思的是，在榕树背后，又隐约可以见到岩石的母山中的一座寺庙，庙宇在云雾缭绕中浮沉，朦朦胧胧地，像是天上的殿堂。见到眼前景象，我竟飘飘忽忽起来，仿佛置身于云中仙山，置身于琼楼玉宇与金木玉树之前，似乎还听到苏东坡的南方口音："不知天上宫阙，今夕是何年？"

在于山，我又一次见到气派雄伟的石壁榕。也是站在巨石肩膀上的云中大树，也是气吞大地的巨蟒似的根群。

于山是闽乡的父老们庆贺民族英雄戚继光胜利归来的地方。

在庆祝这位中华的抗倭将领赫赫战功的盛典中，有气壮山河的石壁榕屹立身后，有无声的生命进行曲在人们心中鸣响，不仅使英雄增色，而且使人想起英雄的生命进行曲怎样坚韧地组合它的豪迈的节奏，我们伟大的长江与黄河所哺育的民族，又充满着怎样不可战胜的生命。

五

了解清源山和于山石壁榕的友人告诉我：这种榕树所立足的岩石，不是一般的岩石，而是最坚硬的花岗岩。如果说，要在世界上寻找一种在最坚硬的基石上生长出来的最坚硬的生命，那就是榕树。

他还告诉我，这种生命的奇观，是发端于一种细韧的种子之中。那是一颗成熟的、像小珍珠似的果子，果子里面包藏着许多小颗粒似的种子。大约是一只顽皮的鸟儿，在它吞食了榕果之后，就选择这个奇伟的地方，排泄出它消化不了的种子。这颗种子，这个鸟儿的胃肠消化不了的生命，就凭借岩上那一层尘埃凝结成的薄薄的泥土，悄悄地、雄心勃勃长成绿光四射的庞然大物。

仔细瞧瞧，岩石上好像没有别的生命，也许在岩缝里有几株细小的野草，但我看不清。这种岩石真是生命难以生存和发展的地方。

榕树，就在生命难以生存的地方，让自己生长成伟大的生命；在生命难以发展的地方，把自己发展成其他生命望尘莫及的参天巨木。

这是多么了不起的生命进行曲。

六

因为和榕树同一故乡，所以我还知道它的生命进行曲有种更超常的旋律。

那是我在一次砍柴时体验到的。我曾经在无意中砍伤过榕树还活着的青枝，被我误认为是死枝的生枝。就在我的斧头砍下而提起的一刹那，它立即喷涌出雪白的乳汁，也许不是乳，而是血，总之，白色的生命之泉，神速地注入伤痕，盖住伤痕，而且很快就凝固，伤痕也随之愈合。

榕树这种生命泉，这样果断，这样机敏，这样迅速地履行它的天职，真叫人感慨不已。难怪榕树能够那么快地治好自己的创伤，继续壮大它那郁郁葱葱的事业。

我见过一棵伤痕累累的榕树，依然生长得非常美，每一片叶子都绿得发蓝，在阳光的映照下，满树好像垂挂着无数忽明忽灭的蓝宝石。我不知道这棵饱经风霜的大树抗衡过多少无情的刀剑，才赢得今天这种生命的繁荣。

我还看到惊动我故乡的大风暴，那是雷霆与闪电助阵的大风暴，榕树在风暴中是那样从容不迫，它那钢铁一样的躯干，镇定地屹立着，而他的枝叶摇曳着，有的被折断了。但是在风暴过后，我看到那些被打入地里的青枝，有的竟依随着泥土，独自重新萌动，复苏逝去的绿色。这失去母体的生命，不仅没有饥饿而死，而且执着地把自己发展成一个新的母体。

我还看到一次更撼动人心的生的壮观。那是在一次空前的劫难中，有一棵榕树被狂风击倒了。于是，一个奇迹因此发生了。这棵被拔倒的大树，并没有从此走向死亡，而是倒伏在地上，倔强地呼吸着，继续着生命的另一种道路。它那庞杂的根系一半裸露在地上，一半还残留在地下。残留在地下的那一半，负起它生命的全部使命，继续勇敢地演奏着它的生命进行曲。我看到，绿芽在这倒下的身躯里，纷纷崛起，接着，又长出新的嫩枝和嫩叶。青春，在这受难的生命中继续繁衍：琴键，在倒下的琴体中继续跳动。直到我在青年时代离开故乡那一年，还看到这倒下的生命体上那不朽的业绩、不屈的凯旋。

这种倒伏的生命与不倒伏的灵魂浑然一体的奇迹，这种在风暴中失败而最终又在风暴中胜利的力量，使我意识到，真正伟大的生命进行曲，是不会死亡的！即使被击倒在地狱里，它也会在地母伟大的怀中继续歌唱！

七

我常常思念着故乡的灵魂，榕树。

我常常思念着故乡的那一支生命的进行曲，榕树。

我点燃一枝心香，祝愿这支伟大的生命之曲，长久地在我故乡明丽的土地上歌唱，愿它常常挺进到我的心灵和我的梦境，常常挺进到为我所爱的一切心灵和为我所爱的一切梦境中。我祝福一切正直的胸脯里，都有一支巍峨的歌，都有一支峥嵘的进行曲，都有一棵飞翔着千百万绿蝶的——榕树。

过去是人生的伟大导师

导读

人们总是习惯赞美生命力旺盛和健壮的事物而容易忽视正在衰老和历尽沧桑的东西。正如人们羡慕青少年而易漠视老年人一样。然而，健壮不过是苍老的过去，苍老不过是健壮的未来。苍老应该得到敬重。

那棵苍老、凝重、生动、练达的无忧树难道不像一个伟大的母亲或者是父亲，一个教书育人的教师吗？他们曾经为了花的灿烂，为了果的成熟，付出了全部心血，而留下了记录着沧桑的皮肤、凸起的青筋和弯曲的驼背。即使在生命的晚年他们已经不再引人注目，不再健美而宏阔，但他们还是抱着对后代的希望而坚强地活着，他们在老花镜后面看守着后代前进的每一步。然而，我们每一个现在还年轻的人是否还在尊敬他们，没有忘记他们的贡献呢？

我们每一个人都来自父母的过去，他们就是家中的那棵老树。你如果想了解意识，就必须返回到潜意识，而过去就是潜意识，今天才是意识。过去是山脚与山体，而今天不过只是山峰。不妨请自己的父亲或母亲给你讲述一次家史，那不仅仅只是平凡的故事，还是心路历程、人生风雨、难得的经验与教训。看看老一辈是如何克服重重的人生困难活到今天的，而不管今天是辉煌，还是平平淡淡。我们，没有理由轻视过去和忘记过去，过去是人生伟大的导师！

阅读材料

无忧树

◎和　谷

我不认识这棵树。

因为不认识，才对它有一种好奇与神秘的感觉，愈是要看个仔细，久久地依偎着它了。

它是棵古树。面对着它的时候，似乎不可以称它为一“棵”，而简直是一“座”树呢！没有枝条，树干就是它的全部。或者说，它的整个形象是一座巨大的根块。高约丈余，顶端残存的树茬子，如踞一只仰天长啸的猛虎。树身被镂空了，薄处有拳头大的孔可以望穿。东边看去，呈塔状，雄沉遒劲；西边望去，却如一片立着的瓦，支起古树的仅是一片树皮而已。没有浑圆的年轮，构成它的肌体的，完全是结疤累累的根块与屡经刀斧砍伐的枝条扭结而成。如盘龙、如巉崖、如铜、如铁、如陨石，可以幻想出千奇百怪的各色形象来。

它植根于乱石之中，暴起的根块使得山裂石崩，以铁质般的性格掘进着，伸延着，直溶入了山石之内，变成了石崖的一部分。当初，它也许枝条参天，树冠遮空蔽日，健美而宏阔。一年一度出叶落叶，多少风摇雨沐，日晒雾浸，占据了一方旷漠的空间。数十年，上百年，越千载，终于体力不济，难抵由兴至衰的自然规律，渐渐地失去了一片一片树叶、一根一根枝条，剩得孤独的树干本身了。它曾为支撑一方浓荫，演奏一曲绿的交响，为了花，为了果子，才留下这暴鼓的青筋、凸起的血脉。内在的力，直痉挛得凝固在了树干的表层，使它变形了，却正显示出了夸张的富于表现力的美的造型。

在无情的自然规律面前，它抗争着衰老，顽强地行进着愈来愈少的生命的旅途。虽然失去的总在失去着，却如一块石头失去许多而最后成为一尊雕像一样。历史老人的雕刀，使它愈是变得凝重、生动、练达，去完成它最圆满的一座墓碑。不，它还没有老死，不是朽木。它还刚强地活着，全力地歌唱着，尽管声音是那么微弱，那么不屑一顾。不信，请看它面南的树脊上缀满的纤小而欢乐的叶子，不就是它绿的生命的旗子吗？也许，那是以往的梦，却怎么不可以是新生的爱的萌动和未来的希望呢？

我端倪着那几十枚椭圆形的绿的叶子，像青槐而不是青槐，似榆树又绝非榆树。此时，我为不识它而感到一阵隐隐的痛楚，太愧对这令人流连忘返的树了。

经请教一位年过七旬的老人，才知道这古树确已有一千八百余年的高龄，曰无忧树。

后　记

经过几年像工蜂酿蜜似的积累，终于有了几册由散文配制的心理处方，心中长久积聚的一股苦涩和愁绪顿时变成了一种甘甜。我似乎看到了那些为心理病毒侵袭的树木花草在文学春雨的滋润下渐渐长出了有生命力的、带着希望的嫩叶和花蕊。

我记得高尔基说过，文学的目的就是要使人高尚起来。我想心理健康的最高目的与文学的追求是殊途同归的。我非常感谢那些写出美文、不经意为我的病人开出心灵处方的文人墨客，他们的睿智和幽默肯定比苦涩的药物更利于开启人的心智。在暖暖的阳光下，斜斜地躺在靠椅上，细细地品味这慢慢道来、娓娓动听的优美词句，那情景、那感觉、那心动，无异于最美的一种享受。

我还要衷心地感谢为收集这些美文，帮助文稿校对，查对出处而付出辛勤劳动的亲人和学生；感谢袁冰凌编辑为解决版权和发行问题所作的努力；还要特别感谢那些慕名而来，求医问药的病友们，感谢他们对一个心理医生的无比信任，是他们让我更了解人生百态，感悟人生的真谛。我谨将本书献给我终生爱好阅读的敬爱的父亲、姐姐与兄长，他们是我从小爱好阅读的榜样，献给所有关心和帮助过我的亲朋好友、老师和病友们！

邱鸿钟
丙戌年正月二十八
于羊城白云山鹿鸣湖畔

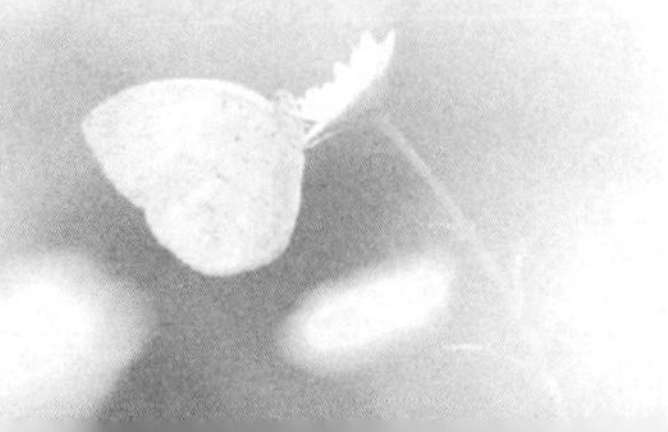

敬 告 作 者

《阅读心理治疗》是一套很有意义的丛书。本丛书所选的文章大多数已通过中华版权代理总公司取得了著作权人的授权，但仍然有部分作者无法联系上。对此我们深表歉意，敬请作者或著作权人予以谅解，并请主动与我们联系稿酬兑付及样书寄送等事宜。